JN173725

愛子の小さな冒険

佐藤愛子

愛子の小さな冒険　目次

ブックデザイン　塚田男女雄（ツカダデザイン）
装画　上路ナオ子

一日クレオパトラの記

子供の頃私の母は、私をつれて表を歩いているとき、きまって一度や二度はこういった。

「向うから来るあの人とお母さんと、どっちが肥ってる?」

私の母はその頃、西畑（私たちが住んでいた土地の名）の三デブの一人といわれ、三デブの中の小野夫人という人と一位をせり合っていたのである。

子供心に私はその質問の返答に窮《きゅう》した。例えば七十キロと七十二キロの人と並べてどっちが肥っているかということは、どっちが禿《は》げているかをいうこととくらべて遥かに難しいことなのである。

「あの人の方が肥ってる」

　そういえば母は満足そうに、「ふん」というが、「お母さんの方が肥ってる」といおうものなら、「冗談でしょう、わたしはあんなに肥ってないよっ」と怒り声が返ってくる。そう思っているのなら聞かなければいいのにと、ひそかに思ったが口に出してはいわなかった。これぞ子心というものであって、子供ながらに母親をいたわっていたのである。

　その母が痩せたのは戦争のおかげである。食糧の欠乏と非常事態の連続で、母ばかりでなく三デブもみごとに消失した。世の中にデブという存在はなくなり、従ってデブというその言葉は懐古的な響きをもってよき時代のことをしのぶよすがにされたのである。

「あの頃はよかったねえ、たんとデブがいてねえ……」

　と、まるで昔なつかしいチョコレートやウイスキイの名を数えるようにデブの誰彼の名が挙げられた。おそらく私の母の名も、当時の西畑の人々によって数え上げられたであろう。やがて敗戦が来た。

「おや、少しお肥りになりましたね」

　といえば、

「いえ、栄養失調でむくんでるんです」

という答が返ってくるものすごい時代が来た。そうしてやがて少しずつ平和が回復して行くにつれて、再びデブが擡頭《たいとう》しはじめたのである。かく申す私も四十歳を過ぎし頃より中年肥りに悩み出した。何しろ三デブの一人としてその名をほしいままにしたおふくろの娘である。タイトのスカートをはいて颯爽《さっそう》と外出、食事をしたはいいが、そのあとトイレへ入ったところ、スカートが腹につかえて上へ上らぬ。仕方なくスカートを脱いでそれを肩に引っかついで用を足したという経験がある。

しかし私は元来、不精者の怠け者であるから、肥り行く我が身をどうしようという気は一向に起らぬ。

「ノラクラしてるから肥るのよ」

とまわりの者はいったが、そうこうしているうちに夫の会社は倒産した。債鬼《さいき》門に迫り、明日の米代にもこと欠くさまとなったが、それによっていっそう肥ったのには驚いた。これでは債権者に同情されるわけがない。ついに莫大なる借金を背負わされ、月々それを返済するために東奔西走しているうちに、ふと気がついたら四キロ痩せていた。考えてみればずいぶん高い痩せ賃だ。四キロ痩せるのに二千万円とは。しかしある肥満夫人はそんな私に向ってまじめにこういった。

「いいわねーえ。あたしの主人も倒産しないかしら……」

女にとってデブの悩みはかくのごとく倒産よりも深刻を極めているのである。


ところでここに、丸尾長顕《まるおちょうけん》という、日本広しといえども右にいづる者なしというフェミニストの先生がおられる。この先生は少年時代、マンガで読んだ裸メガネ（そのメガネをかけると衣服が透き通って中の身体がまる見えになるというメガネ）への夢を、当年とって×十？歳に到るも抱きつづけておられるという方で、

「佐藤さん、私は女が一糸もまとわずに平気で町を歩くような世の中になってほしいと思いますね」

といわれた。まあ丸尾長顕という人は何というグロ好みであろうか。日本に中年女、何人いるかは知らねども、ズン胴、タヌキ腹、シワシワ腹、ダンダン腹など、あたりかまわずウロウロされてはどうなるか（とつい我が身に即して考えて）、私は大声で反対した。

「そんな！　先生！　それでは世の中、醜悪でメチャメチャです！」

「ですからそこですよ、そこ、そこ」

先生は俄然《がぜん》、情熱的になって、

「ですから私は一日も早く、日本女性が一人残らず美しい身体になってほしいと思っているんです――」

そのため先生は「コトブキ酵素温浴法」というものを考え出され、東宝ビューティセンターという温浴場に力コブを入れておられるという。酵素温浴法というのは俗称オガ屑ブロといい、手っとり早く説明すれば、オガ屑に酵素を混入して六十五度から七十度くらいに醱酵《はっこう》させたものの中に身体を埋め、皮膚から酵素を吸収するというしくみの若返り法である。酵素というものは人間の細胞の一つ一つに含まれているものだが、年をとるに従って減少して行く。それをこのオガ屑風呂で補うのだ。

酵素を補うとどうなるのか。

第一に痩せるという。つまり無理に痩せさせるのではなく、体質改善によって健康に痩せさせるという。第二に肌が白くなりキメ細かに艶やかになる。酵素を細胞から吸収したことで老化を防ぎ、若返るのである。その証拠に更年期が過ぎて生理のなくなった女性の中に再び生理が始まったという人が十一人いる？　これはコトブキ酵素がホルモン異常に効果があるということを物語っているもので、中年女が肥るのはたいていホルモン異常のためであるから、オガ屑風呂こそ中年デブには理想的な痩せる方法だということになるのだそうである。

「そんな、借金背負って痩せたのはあかん」

と長顕先生はいわれた。

「佐藤さんもそろそろ、お手入れが必要なときとお見受けしますが」

と〝裸メガネ〟をキラリと光らせる。

「ここは美人づくりの天国でして、ここへ来られた方は十五年は若返っていただきます」

どうも丸尾長顕という先生は、何十年も女を口説きつづけて来た方だけあって、そのハスキーボイスにはジワジワと妙な説得力がある。私はいつか十五年若返ってみたい気になって同行のT嬢と共にオガ屑風呂に入ることになったのである。

酵素温浴場とはオガ屑風呂の砂場のような所である。そこにシャベルを持った女性二人がいて、入って行った私たちを見て穴を二つ掘りはじめた。横たわるほどの大きさに掘れたところで、「さあ、どうぞ」と促された。うち見たところ、T嬢の穴は私の穴の半分くらいの幅しかないと思ったのはヒガ目か。ともあれいわれるままにそこに横たわる。その身体の上にシャベルでオガ屑がかけられ、首だけつき出して天井を睨《にら》むというスタイルとなる。オガ屑は熱すぎもせずぬるくもない。海岸の焼けた砂よりはしっとりと落ちついたぬくみで、なかなか結構な気分だ。

と、ドアが開いて五十五、六のオバチャンが現れた。衣服を着ていれば「ドアが開いて五十五、六の夫人が現れた」と書くことになるのかもしれず、あるいはまた「奥さんが」と書くかもしれず「初老の女性が」と表現するかもしれない。しかし縁にフリルのついたナイロンキャップ風のものをかぶり（赤頭巾ちゃんのおばあさんがかぶっているアレ）、空色のパンティを身につけただけの姿では、どうしても「オバチャンが」と書いてしまう（あるいは「オバハンが」でもよい）。

ところでこのオバハン、どういうわけか、パンティを裏返しにはいている。タヌキ腹が少ししなびかけて垂れ下り気味。乳房は昔なつかしい氷嚢《ひょうのう》型で私の子供の頃は、カキ氷屋のオバハンとか、夕涼みのバアサンの紐をしめない麻のチャンチャンコの間から、こういう乳房が覗《のぞ》いていたものである。オバチャンの穴はいかなる大きさかと横目で見れば、私の穴とほぼ同じ深さなのにはいささかガクゼンとする。

「退屈でねえ。だからまた来ましたよ」

オバチャンは顔馴染みらしく、穴掘りの女性に話しかけた。

「おかげで十キロ減ったわ。階段の上り下りがラクになったのよ」

もしかしたらタヌキ腹のしなびた分が減った十キロかもしれぬ。

約十五分でオガ屑から出てシャワーを浴び、風呂に入る。風呂場でひと抱えもあるかと思われる三十七、八の女性に会った。一週に一度五回来て二キロ痩せましたという。

「奥さんは肥ってないじゃないですか」

と私に向って何やら咎《とが》めるような調子。

「いえ、丁度、中年肥りにさしかかっていたんですけどね。苦労が多くて痩せました」

「あたしだって苦労してるんですよ。人にいえないない苦労がいろいろあってねえ……それなのにちっとも痩せない」

と最後はいささか憤然としていう。このオガ屑風呂の料金は回数券を買うと一回七百円だそうだ。三千五百円で二キロ減ったのだ。二千万円で四キロの私よりずっとワリがいいですよ、といいたかったがやめた。

服を着てロビーへ上って行くと、待ち構えていた長顕先生に体操室へ連れて行かれた。そこにはあらゆるヤセル機械が設備されている。どうも私はこういうのはニガテだ。運動がニガテの上に機械というものがニガテだ。しかし長顕先生はしり込みをする私の腰のへんにベルトをひっかけスイッチを入れる。俄かにベルトはうちふるえそのバイブレーションによって刺激を受けた腰のまわりは、痒《かゆ》いの痒くないのって、あたかも幾万の蚤《のみ》に襲われたよう。

「それを五分やりなさい」

と長顕先生涼しい顔でどっかへ行ってしまった。一口に五分というけれど、五分間、蚤の大軍に襲撃されてごらん。痒いを通りこして腹が立ってくる。やおら現れた長顕先生、

「痒い？　よろしい。そんなに痒くなるなら、まだこれから恋愛する資格はあるネ」

　勝手にきめてもらっちゃ困る。誰も資格がなくなったなどとは思ってないヨ。

　次なる機械はエクササイクルという自転車様のもの。それにうち跨り、両のペダルに足を乗せるや、スイッチが入れられていきなり断りもなしにペダルが上り下りしはじめたのには、あっと驚くためごろォなどと叫んでいる暇すらない。元来、私は自由を愛する人間である。手足を上げるときは自分の意志で自分の力で上げたい。自転車漕ぐのだって同様である。それを断りもなく、勝手に動いてもらっちゃ困る。私の足は私の足だ。それなのに勝手に上ったり下ったりする。まったく怪《け》しからぬ。

　私はそうそうにエクササイクルを降りる。と、それならばというので、今度は自分の脚の力で実際に漕ぐ自転車に乗せられた。スピードメーターがついていて、針が三十を指すとまあまあ合格ということらしい。意志と自由を愛する私ははり切ってペダルを踏んだ。スピードメーターは？　私は叫んだ。

「これは壊れてるんじゃないですか！」

　メーターの針は十のあたりをウロウロしているばかりなのである。こうなってはもう意地である。私は次なる腹筋台に挑んだ。スベリ台のごとき板にサカサマになって仰臥《ぎょうが》し、呼吸をしながら上半身を起して行く。それを何回くり返せばよいのか、そんなことは知らぬ。とにかく私は僅《わず》か三回にしてダウンしたのである。次は真中から半分に曲る仕かけとなっている担架ようのキャンバスに仰臥して、キャンバスが曲ったり伸びたりするのに従って身体が二つ折りになったり、山型に伸びたりするという仕かけのものである。これも五、六回にしてダウン。長顕先生は呆れはててどこかへ行ってしまわれた。

体操指導の美人先生、歎息《たんそく》して曰く、

「これもダメですか……」

まったく、カッコよく痩せるということは大へんなことなのだ。私にはそれは借金とりと戦うことより大へんなことに思われる。

「酵素を飲んでオガ屑《くず》風呂に入る。それだけでも充分、カッコよく痩せますよ」

最後に長顕先生は慰め顔にいって下された。美人づくりの天国か。しかしどうやら私はその天国に入る資格を持たぬ女のようである。借金返しおおせた暁には、世田谷三デブの一人となって特大棺桶の厄介になることを私は覚悟したのである。

それにしても、世の中には美しくなるために刻苦することをいとわぬ女性が何と沢山いることだろう。渋谷の和田研究所といえば人も知る和田式フィギュアリングで、カッコいい身体を作る研究所である。この研究所はミスユニバース、ミスワールドなどを続々と作り産み出したことでも有名であるが、何よりも百貫デブが魔法の如くにスマートに痩せるというので全国津々浦々にその名が轟《とどろ》いている。現に今朝私が開いた婦人雑誌には、「ホラ、こんなにスマートになりました！」のタイトルで女優やタレントの写真が出ていたが、その六人のうち若水ヤエ子さんと坂本スミ子さんが、和田先生の指導で痩せたと書いている。若水さんは車を運転するとハンドルがお腹につかえるというさわぎで、六十四キロあったのが、三カ月で四十九キロになったということだ。

私はその数字にびっくり仰天感心し、渋谷の和田研究所へ出かけて行った。丁度、日曜日の午後のことで、肥満女性のための時間があるという。出かけて行ってみて驚いた。カーペットの敷きつめた広間に、中年若年とりまぜて約三十人余りの肥満女性、平均七十キロの人たちが、濃紺の運動着を着て集りたるそのさま、壮観というか絶景というか、私の思いは突然飛躍して日本の平和、繁栄をまのあたりに見る心地すらしたのである。

聞くところによるとこのクラスはこれで九週目（一週に一日だけ体操、あとは和田式独特の食生活と入浴）に入ったところだそうで、七週目で約八十キロの人が七十から六十に減っているという。

もとの身体から十キロ減ったとはいうが、私などいくら威張っていてもこの中に入れば吹けば飛ぶような将棋の駒もよくて桂馬ぐらいのところで、何となく肩身狭い思いで隅っこの方に小さくなっている。


やがて体操が始まった。テープレコーダーから響く和田先生の号令一下、準備運動が始まる。唇をつぼめてシュッシュッと音を立てて強く呼吸しながらの体操である。

「はーい、では寝ぞり。うーんと息を吸って……一、二、三、四、五、六、七、八、二、二、三、四、五、六、七、八……」

テープレコーダーの和田先生の号令は情熱的でなかなかに魅力がある。音楽。その間に直接指導に当っている和田浩太郎君（先生の長男）が若々しい声で叫ぶ。

「ハイ、息を吐きながら足を上げるッ……息を吐ききったらお腹をしめますッ……」

さながら鯨の潮をふくごとく（といっても実際にはマンガ映画でしか見たことはないが）シューッシューッと呼吸音が響く。仰向けに寝たタヌキ腹の女性たち、両足を上へ上げ、下ろし、あるいは両手を後ろに組んで、うつ伏せに寝た上半身をおもむろに持ち上げるなど。その脂肪からたちのぼる熱気か痩せたい一心のエネルギーか、和田先生の声は出せども出せども吸い込まれて、ついにつぶれてしまったという。ハッタと天井を睨んで頑張るその姿には、一種凄絶なる闘魂漲《みなぎ》り、夜食のホットケーキがまずいの何のとブツブツいっている受験勉強の高校生に見せて、ハッパかけるタネとしたいような情景である。そのとき、場内に漲るその緊張感を破って愛らしき声が叫んだ。

「おかあさーん！」

見ると三つばかりの女の子、階段のところで、お母さんを呼んでいる。ほかに五、六歳の男の子二人、階段を遊び場にして上ったり跳ねたり。誰もかまってくれないので、女の子はまた呼んだ。

「おかあさーん！」

巨鯨群《きょげいぐん》の中のお母さんは顔面紅潮し、

「だまっているのよウ」

とひとにらみ。もはや時代は、「あの人とおかあさんとどっちが肥ってる？」などとそっと子供に聞いたりして自らを慰める時代ではない。クヨクヨしている暇に体操をして痩せる。子供は向うで声援をおくっている。まことに明快な時代である。

しかしながらローマは一日にして成らず。いくら痩せる神さまの和田先生でも、魔法のように百キロデブを五十キロに減らしているわけではないことがよくわかった。ここへ集る人々は美しくなるために東洋の魔女のごとき鋼鉄の意志と克己心をもって努力している人たちだ。自転車こぎにダウンして、世田谷三デブの一人となることを覚悟する私などとはそもそも人間の出来がちがうのである。

「ええ年してシワの中に白粉《おしろい》ブチこんで」

というセリフが昔あった。おしゃれの中年女を攻撃するときのセリフだった。ところがこの頃気がついたことだが、近頃はこのブチコミ型というのが、どうやらすっかり姿を潜めた様子である。なぜブチコミ型がなくなったか。それは女性の化粧が〝上塗り〟よりも素肌のこしらえに重点をおかれるようになったためで、この節は六十の声を聞くという女性でも小皺《こじわ》の見えぬ人が少なくなった。普通女は実際の年齢よりもサバを読むのが常識とされているが、この頃はわざと数え年ヨミで二つほど多くいったりする人が増えて来た。

「まあ。ホントですの、お若いこと！　六十過ぎていらっしゃるなんてとてもそんなに見えませんわ、まあ！」

と感歎《かんたん》させるのが目的なのである。

若く、美しく、若く、美しく、若く、美しく……今やその言葉は全女性の合言葉になったかの観がある。若さと美を保てるなら何だってする。どんな艱難辛苦《かんなんしんく》にも耐える。二重瞼《ふたえまぶた》にするために瞼をひっくり返して針突き刺されることも平気なら、鼻の穴から象牙をさしこまれることもあえて否まない。新井白石は勉学のために寒夜、頭から井戸水をかぶって眠気を払った。もし今の女性に向って、雪の庭で井戸水かぶれば美しくなりますよと教えれば、我も我もと井戸水をかぶる勇者が出てくるにちがいない。しかし、井戸水かぶれば頭がよくなるといえばかぶるかどうか、そこが問題なのである。

東京は銀座に〝山野愛子美の殿堂〟と称する総合美容院がある。現代日本女性は若く美しくあるためにいかに刻苦勉励しているか、いかに時間と金をかけ、そうしていかに美しく若くなったか、それを身をもって実験するため、私は更にその殿堂の門を叩いた。この美の殿堂は〝健康美と内面美に輝く近代的美人作りを目的に最高の技術、最新の設備、最良の環境をかねそなえた〟全身美容室である。

「お疲れのときなど、ここで一日シンデレラになっていただきます」

と担当技術者のMさんはなかなかうまいことをいう。一日シンデレラとはロマンチックなようで、考えてみれば穿《うが》った表現だ。つまり私は灰をかぶってくる日もくる日もダンロ掃除をしている女の子というわけか。それがカボチャの馬車に乗ってやって来た。閑散とした日曜日の銀座である。しかし、ここ美の殿堂のウリモノであるドロンコ美容は一週間前から予約しておかぬと順番がとれぬという賑わい。〝美しく若く〟なるために、私は金を惜しまず（どうせ文春の払いゆえ）あれもこれも美人になることなら何でもやってもらうことにした。

まずサウナに入る。熱い空気の中に坐っていること十五分、それからぬるい風呂に五分入り、再びサウナ十五分、またもや風呂に入って汗を流し、それからかの有名なるドロンコ美容にとりかかる。ドロンコ美容とはかのクレオパトラさんもこれで美と若さを保たれそうで、一日シンデレラが一日クレオパトラとなる。

何年か前、山野愛子女史が外遊の折、ドイツのババーリア地方の人が大そう美しい肌をしているのに気づかれた。なぜかくも美しい肌をしているのかといろいろ調べたところ、そのへんでドロを石鹸代りに使っていることがわかり、それよりドロンコ美容というものを考え出されたそうである。ドロンコ美容といっても、ドロの中にもぐるわけではない（白状すると私はドロのプールにもぐるのかと想像して好奇心マンマンであったのだが）。どこやらで産出される何とかドロの中に、色々と美しくなる要素をまぜ、匂いなどもよくしたものを全身に塗って赤外線にかかるのである。

約十五分の後、風呂へ入ってドロを落し、再び別の風呂で身体を清める。これでドロンコは終ったわけだが、美しくなるためには次にまだ顔のマッサージとボディマッサージというのが控えている。ベッドに横たわって暫《しばら》くすると、突如、ベッドがブルブルと震動をはじめた。例のバイブレーションというやつだ。またしても蚤千匹の襲撃にあうのかと身構えたが、今度はたいしたこともなく、乳液つけて足のマッサージがはじまった。足だからといって乳液の質を落としているわけではなく顔につける乳液と同じものを使っています、と説明が入る。このへんが一日シンデレラの気分なのであろう。マッサージは手、腕、背中へと進んで行く。しぼるように揉む、たたく、悪い気持ではない。音楽が聞えなかなか優雅である。

だがその優雅さの中で私は突如、思い出した。家の者に今夜おかずをいってくるのを忘れたのだ。時計を見れば六時になんなんとしている。この殿堂に入ったときは三時であったから、美と若さのために三時間の時間を費したことになる。さて、おかずは何にするか。今はサバが一番安くてうまい。切身一切れ二十五円だ。それに大根を……一本ではなく半ギリにしたのを買って……と思案していると、

「はい、お待ちどおさまでございました」

と声がかかった。

「これからお化粧をして髪を直させていただきます」

いよいよ、それで上りというわけだ。

その殿堂を出ると街は陽が落ち、十二月近い鼠色《ねずみいろ》の風が吹いていた。私は赤電話でうちを呼び出した。

「あのね、サダコさん、サバを三ツ買ってね、それから大根を半ギリのを一つ……半ギリよ、一本じゃないのよ、半分に切ったやつよ……」

我が声、佗《わ》びしく晩秋の風の中に消えた。シンデレラの顔は何となくむくんではれぼったい。美人づくりの王国から美の殿堂へ……オガ屑に埋もれドロにまみれ、洗われ、揉まれ、とにかく疲れましたよ、あたしは。いやもう美も若さもヘッタクレもないネ。

恋愛ホテルの夜は更けて

時は師走《しわす》の第二土曜日、街には衆院選挙の選挙カーやデパートのお歳暮配送車がひしめき、三億円事件の犯人容疑者が逮捕されてシロかクロかがいまだ判然せぬという騒がしい日、私はボーナス景気の買い物客に賑わう町角のレストランで本誌（文藝春秋）M青年と密議をこらしていた。

「千駄ヶ谷あたりは軒並にあるっていうけど……」

「大久保へんも多いですがね」

「二子玉川の方なんかどうかしら」

「そういえば、多摩川の土手の下あたりにゴチャゴチャと固まっていたような気もしますが」

「どうします?」

「どうしましょうか」

「高田馬場《たかだのばば》の何とか屋ってところでは、ボタンを押せばベッドがガタガタ動き出して、宙吊りになったりするのがあるっていうけど……」

「そうですか……」

気のせいかM青年は何やら浮かぬ顔である。私とMさんとはこれから、師走の「連れこみホテル」を探訪しようというのである。私はMさんの浮かぬ顔を眺めて、心中いささか愉快ならざる気持である。Mさんの浮かぬ気持はわからぬでもないが、私の方だってこの仕事にはいろいろ複雑な思いがあるのだ。もし私が妙齢の女性であれば、果して編集長はこの探訪を命じたであろうか? たとえ命じたとしても若さ溢れるMさんのごときハンサムを相棒としたであろうか? 編集長はあらゆる危険を防止する意味で意気の上らぬ初老のオッサンをあてがったのではないだろうか? 編集長はおそらく佐藤愛子を熱き血潮流るる女とは見なしておらぬのだ。若き男と連れこみ宿の一室に入ったところで、何の懸念《けねん》もないシロモノと踏んでいるのだ。

私にはそれがいささか面白くない。この私だってウグイス啼《な》かせたこともあるのだ。しかしそう力んだところで、それを信じる信じぬは相手の自由なのである。祇園精舎《ぎおんしょうじゃ》の鐘の声、諸行無常《しょぎょうむじょう》の響《ひびき》あり。

繰《く》りごとはさておき、私とMさんはともかく街へと出た。Mさん曰く、

「どうですか、千駄ヶ谷あたりの旅館の前にハリ込んでいて、客の出入りを探るというのは？」

Mさんはどうやら、私とホテル入りをせずに探訪をすませる方策を講じているらしい様子である。しかしMさんよ、ブの悪いのはそちらさんより当方である。誰が見ても二人で入って行けば、連れ込んでいるのは私の方に見える。いい年してとかスケベババアとか、悪罵《あくば》を蒙《こうむ》るのは私で、Mさんはせいぜい、

「ヘッ、モノ好きだねえ」

くらいですまされるところではないか。

ところで東京都内に連れこみホテルは何軒あるか知らないが、おそらくキャバレー、バー、パチンコ屋などとは比較にならぬくらい多いのではないだろうか。繁華街といわ

ず住宅地といわず、いたるところに看板を見かける。それだけの数が存続しているということは、それだけの男女が使用しているということなので、東京の夜はまことに一億総発情とでもいうべき賑《にぎ》わいと見受けた。

私の知り合いのさる高級つれこみホテルでは、一泊七千円（休憩二時間三千五百円）のそのホテルへ、一日に来る客の数は平均百組を越え、その客の半数以上が中年、あるいは初老の男性に伴われた素人の女性だという。

かつてサカサクラゲのネオンが東京の夜空を彩りし頃は、パンスケ全盛時代ともいうべき時代で、アメリカ兵と腕を組んだ商売女が旅館の前に行列をして部屋が空くのを待っていた。部屋を片づける女中さんがあまりの忙しさに箒《ほうき》握ったまま廊下にバッタリ倒れたのを、主人は抱き起す暇なくその上を乗り越えて、あと片づけに走りまわったという話を聞いたことがある。サカサクラゲは売春婦によって繁昌《はんじょう》していたのであるが、売春防止法以後、サカサクラゲのマークは全滅して、「モテルなになに」とか「近代設備完備、高級ホテルなになに」という風な、上等めいた名称になり、それと同時に客種《きゃくだね》も変った（あるいは客種がそういう名称に変えた）。売春は禁止であるからして、高級下級を問わず客は〝自由恋愛〟を楽しみに来ているわけである。

「いいですよねえ。好いて好かれた人と楽しく一夜を過す……ホントにこれ以上に楽しいことってこの世にあるでしょうか……」

とさる高級つれ込みホテルの女主人はいったが、その〝自由恋愛〟を楽しむ人の中には、六十過ぎた女性なども珍しいことではなく、あるときなどは裸のまま脳溢血《のういっけつ》でひっくり返ったおばあさんがいたということである。腹上死というのは昔から聞いたことがあるが、腹下死というのは珍しい。けだし女性の性の開放がもたらした新現象であろうか。しかし腹下死とまで行かずなまじっか腹下ヨイヨイになられては旅館の方も迷惑だし、看病に通う家族も大変である。このおばあさんは二十日間その旅館で病を養い、その後漸《よう》く動かせるようになって自宅へ連れもどされたそうだが、いや、ひとごとと笑ってておられません。お互いに気をつけましょう。

ヨイヨイといえば、七十過ぎのヨイヨイ紳士が孫のような若い女性を連れて四方カガミの部屋を好んで使うという話を聞いた。四方カガミとはガマの油をとる時だけかと思っていたら、この節はヨイヨイの回春法になるらしい。ガマ並になってまでそんなことしなくても……と思うは人の皮かぶった木石で、現代人たるものはすべからくそうした煩悩《ぼんのう》を容認、理解しなくてはならぬのである（と私は思わないが、そういうことを推奨しているエライ先生方が大勢おられる）。

大岡越前守はおふくろさんに女の性欲はいつまであるかと質問したら、おふくろさんは黙って囲炉裏《いろり》の灰を指したという。越前守はそこに、

「灰になるまで」

という無言の言葉を聞き取って、大いに参考にしたというが、いったい何の参考にしたのやら。真面目ぶっているこういう男こそ、本当はエロ好みノゾキ趣味の人間ではなかったのかと私は疑うのである。

さて、私とM青年は千駄ヶ谷の旅館街のさる旅館の近くに車を止めた。入日ははやスモッグに濁った空の彼方に退き、夕暮れの風が人気のない道を吹き通る。

「やっ、来ました。来ました」

とM青年。一台の車が来て、旅館の二十メートルほども手前に止った。メガネの男が

運転席に、助手席に若い女が坐っている。男は女に顔寄せて何やら一生懸命にいってい
る。一度は車から降りかけたが、女が降りないので再び車にもどって話をしている。こ
こまで来てもう一息口説かねばならぬとは、あまりもててはおらぬ方とお見受けした。
やっと話がついて男が車を出る。シブシブといった格好で女がついて出た。男は大股に
さっさと歩く。その後から十歩ほど離れて女、オーバーの衿《えり》で顔をかくしてついて行く。
一見女子学生風。

男は太いベッコウ縁のメガネに、栄養の行きわたった小肥りの身体つき、太い首、そ
の物腰に何か芸能方面に関係している人間のような、もの馴れたフテブテしさがある。
どこから見てもカンジの悪い男である。一片の誠実も真実も持ち合せていない顔である。
しかし女はついて行く。ためらいつつついて行く。ふり切って帰ることが出来ないその
心は何なのか。私は走り出て彼女の前に立ちはだかり、

「やめなさい、こんなインチキ男！」

と叫びたい衝動にかられる（これが私の悪いくせ）。が、二人は前後して旅館の門を
入って行ってしまった。アーメン！

次に現れたるは赤オーバーの若い女の子と三十歳前くらいの男、車を止めるや女の子、一目散に旅館の門めがけて走り入る。男、車のカギをかけ悠々とその後より入って行った。これは一度か二度の経験を経てはいるが、人目を恥じて走り入ったところをみるとまだベテランとまでは行っておらぬらしい。次はいよいよベテランの登場。さりげなく現れ、さりげなく門をくぐる。よほど馴れておらぬととてもこうは行かぬものだ。夕闇が迫るにつれて人通りは増えて来た。学校帰りあり、子供づれあり、ジイサンバアサンあり、若き二人あり。

「や、来た！」

「あっ、ちがったか！」

Mさんはだんだんハッスルして来た。男と女が歩いてくるのを見ると、どれもこれも連れこみホテルを目ざしているように見えるらしい。

「入るか、入らぬか！」

などとパチンコなみである。

「なんだ、ちがうのか、チクショウ！」

と熱中のあまり腹を立てている。

やがて私たちはその場を離れることにした。これから情事を楽しみに行く人間をのぞき見しては喜んでいるというのも、あまり自慢出来る話ではない。師走風の中で私は次第に憮然たる心境になって来た。踊るアホウに見るアホウとは全くよくいった。しかも同じアホウの中でも我らのアホウはあまりにかなしきアホウではないか。

と、そのときである。

「やッ、出て来た！」

とMさんが叫んだ。夕闇すかして眺むれば最初のカップルが門を出て来たのである。女の方はものすごい大股でツカツカと歩いてくる。ちょっと目をこするような仕草。アレ、泣いているのかと目を凝らせば、彼女の顔はまっすぐ前方を向き、その目はきっと中空を睨みすえてツカツカと私たちの車の横を通り過ぎて行った。すごい大股、キゼンたる歩みぶり。彼女は止めてあった車に乗った。その後からさきほどのインチキ男、悠々と現れ悠々と顔をかたむけてメガネをかけながら車に向う。なにも歩きながらメガネをかけることはない。することがいちいち気にくわぬ。二人の車は走り出した。見ると女は後ろの座席に坐っている。来るときは助手席に坐っていたのが、帰りは座席にいる。この事実は果して何をイミするか?

男はフラれたのであろうか。女はムリヤリ征服されたのであろうか。女は確かに怒っていた。しかしそれほど怒っているのなら同じ車なんかに乗らずに、タクシーでも拾って帰るはずです、とMさんはいう。しかしこんな目にあった上にタクシー代など使うのは業腹《ごうはら》だという気持かもしれない、と私はいう。しかしフラれたにしては男は平然としていました、とMさん。あるいはあの顔、あのソブリはフラれつけた人間のものなのかもしれないと私。フラれた奴にかぎって悠々としてみせたりするものだ。私とMさんとの論争の間に車は師走の雑踏の中に消えてしまった。

さるホテルの女中さん曰《いわ》く、この頃の若い女ときたら、そのたしなみのないこと話になりません。乱れた布団を直しておくのはたいてい中年女性で、若い女は乱しっ放し、汚しっ放し、枕は向うに飛んでいるやらシーツは丸まっているやらひどいのになると、赤、青、紫、いろとりどりのコンドームに中身の入ったやつが、ママゴトのお店屋さんごっこじゃあるまいし、ズラリと枕許のお盆の上に並んだままになっているという。中には風呂場で髪を洗ったあとの十円シャンプーの袋が落ちていることもある。銭湯で髪洗い料五円を節約したというわけなのだろうが、どうもイロケのないことおびただしい。かと思うと電話で料理を注文し、女中さんが持って行くと、イトナミの真最中で「そこへ置いといて」の一言。暫くするとまた電話で料理の注文。持って行くとまたもや真最中、さっきの料理は手もつけずそのまま。

「それはさっきのつづきなんですか。それとも第二試合ですか」

と聞けば女中さん、

「さあ」

と首を傾け、

「一試合に一品ずつということではないでしょうか」

つまり一試合に一回、応援団に顔を出してもらわないとハッスル出来ぬという厄介なご仁《じん》もいるらしい。そういう厄介な手合がこの節は増えているらしく、百円玉を入れると怪しげな声を盗みどりしたテープがまわるとか、外から丸見えの風呂場とか、宙ヅリベッドとか、ノゾキ窓とか、ただきえ忙しい世の中をますます忙しくさせる設備が流行

しているそうである。その現象について、

「それは、やっぱり男が衰えて来ておる証拠でしょうな」

といった人がいたが、衰えているのをムリヤリかき立てて奮起する必要奈辺《なへん》にありや。本当に奮起せねばならぬところではちっとも奮起せず、どうでもいいところでばかりムリして奮起するのが現代オトコの特徴かもしれない。

あるところに、連れこみ宿の壁にノゾキ穴を開けるために徹夜した男性がいたという。漸《よう》く貫通してやれ嬉しやと覗いたら中はまっくら。翌日、その部屋を調べたらそこは押入れだッたという悲劇の主人公もいる。

「穴といえばO町のしののめという旅館にいい穴があるそうです」

とMさんがいった。いい穴というのはどういう穴か。ちょっと見てみたい気がする。

Mさんの話によると、それはいつ頃掘られたかもつまびらかでないかなりの年代モノで、どうやらその部屋に入った男性たちによって語り継がれている歴史的な穴らしい。私たちはその穴を見物に行くことにきめた。断わっておくが、その穴の向うを見物するつもりは更にない。私はそんなものを必要とするほどまだ老い衰えてはおらぬのである。私が穴を見たいと思うのはこれ、熾烈《しれつ》なる職業意識にほかならぬのであって、ゆめ邪念はないことを信じていただきたい。

私とMさんはO町の横丁で車を乗り捨てた。暗い横丁は軒並み安モノ連れこみ宿が並んでいる。しののめの玄関を入るときは、さすがに私はたじろいだ。これしきのことでたじろぐようではならぬと思い、強《し》いて何でもない顔をして、鳴りもせぬ口笛を吹く真似などした。そこへ行くとMさんはなかなか馴れている。石段の上りかたからして、トン、トン、トン、といかにも軽い。玄関横の小窓から、ヒチコック劇場に出演させたいような、白ぬりの肥ったバアサンが顔をのぞかせた。

「穴の部屋、空いてる?」

といきなり、Mさんはいう。わりと恥かしいことを堂々という人だ。しかしバアサン顔色も変えず、今ふさがっているよ、と返答をしたところを見ると、アナ部屋志望者は珍しくないらしい。いつ頃空くかと聞けば今の客はあと二十分で帰るが、そのあと予約の泊りがあるという。大ホテルの予約ならいざ知らず、三つか四つしか部屋のないこんな部屋を指定して予約するとは、予約主の魂胆《こんたん》がほぼわかるというものである。しかしせっかく来たのだ。その隣の部屋でも見学しようということになって上った。

六畳の縦長の部屋に布団一組、枕二つ。向うの窓ぎわに電気コタツ。棚にラジオ。枕もとに百円入れればコンドームの出てくる箱と、二百円入れれば〃肥後みやげ〃なるものが出るという箱が置いてある。炬燵《こたつ》に入ってふと見ると柱にハリ紙がある。

「穴をあけないで下さい。しののめ主人」

しかしそのハリ紙のためにかえって穴を開けることを思いつく人間もいるのではないか。ベニヤ板の壁の、下から三十センチほどのところにくろぐろと直径三センチばかりの穴一つ。気をつけて見ればあちこちに壁紙を張りつけて穴を塞いだ痕がある。塞いでないのは下から三十センチほどのところにあるその穴だけである。Mさんは早速、その穴に耳を寄せた。と、がっかりした顔で、

「ラジオが忠臣蔵《ちゅうしんぐら》の討ち入りをやってます」

と報告する。穴の存在に気づいてラジオをかけたところ、テキは相当の経験者と見受けたり。しかしくどいようだが、私は穴の向う側に関心を抱いてこの部屋へ来たわけではない。あくまでも学究的に穴を検分したいだけである。私は穴に指を突っこんでみた。

穴は先細りになっていて、指は2センチほど入っただけで止った。しかし穴はそこで終っているというわけではなく、なおも細く続いている様子である。

そのとき、隣室の客が帰る気配がし、入れ違いに新しい客がやって来た。例の予約客である。来たと思うと、シャリシャリと何やら不快な音がし、それからドシンと畳に重いものが落ちた様子。それきり寂《せき》として音なし。Mさんは廊下に出てみて隣ははや電気を消していいます、と報告する。しかし私は隣の客よりもその穴の検査を急いだ。ハンドバッグよりボールペンをとり出し、そろりそろりと穴の中へさしこんでみた。この掘人の一念のほどをその深さで探ろうとしたのである。ボールペンは驚くべく深く入って行った。と、突然、何だかやわらかいブヨブヨしたものに当って、少し先がその中にメリ込んだ気配である。慌ててボールペンを引きぬいた。

「Mさん、へんなものにさわったわ」

「へんなもの?」

「やわらかいのよ。この先がメリこんだの」

そういっているうちに気がついたことがある。我々の部屋には反対側の壁に(つまり布団のそばの壁）幅五十センチ、長さ一メートルくらいの横長鏡が立てかけてある。その鏡を隠すべく安モノのカーテンが垂れているが、さっきのシャリシャリという音はカーテンを開いた音なのだ。そうした後につづきしドシンは鏡を外した音にちがいない。鏡は壁にハメコミになっているのではなく、素人細工で壁の前に吊してあるような具合だ。隣室のベテラン氏はその鏡のかげに私たちの部屋に通じる穴のあることを知っていて、鏡を外そうとし、心せくままに手をすべらせて落したにちがいない。

そこまで推理した私は突然、ガクゼンとした。ではさっき私がさしこんだボールペンの先がメリこみかけたやわらかなものは、……？　Mさんは心配そうにいった。

「耳の穴ではなかったでしょうか？」

「目玉ではないと思うけど……」

「悲鳴は聞えませんでした」

「ハナかしら？」

私は四十年前、ばあやが話してくれたお話を思い出した。

「あるところに狸《たぬき》がおりましてん。それから猟師がおりましてん。ある寒い寒い晩に、狸が思いましてん。〝寒いなあ、あの猟師はどないしとるやろ？　ちょっと覗いたろ〟そうおもて、狸は猟師の家へ来ましてん。雨戸になあ、フシ穴が開いてましてなあ、狸がそこから覗くことしましてん。そうしたら猟師がその音を聞いて、〝何や？　誰や？狸か？　外を覗いたろ〟そう思てフシ穴から覗きましてん。穴をはさんで狸の目ェと猟師の目ェとがパッチリ開いたまんまバッタリと合いましてん……」

幼い私はその話が面白くて面白くてしようがなかった。眠れぬ夜はばあやを呼んでは、

「タヌキと猟師のお話してェ」

とねだったものだ。それより四十年は須臾《しゅゆ》に過ぎ、今、しののめ荘なる連れこみ宿の一室で私はタヌキか猟師かのどちらかの役をやっているというわけだ。ああ、これぞ人生というものではあるまいか。

隣室は鎮まり返ったままもの音ひとつ立てない。私は突如、穴に口をつけて何かいってみたい衝動にかられた。

「もしもし、もしもし、本日は晴天なり、本日は晴天なり。……どうぞ」

するとむこうが、

「感度良好。もう少しボリューム上げて下さい。どうぞ」

とでもいったら、どんなに愉快なことだろう。

私は笑いがこみ上げて来て止らない。といって声高らかに哄笑《こうしょう》するわけにも行かぬ。押えようとするとついクウクウという笑い声になってしまう。Mさんもとうとう貰い笑いをして二人でひとしきり笑いに笑った。気の毒なのはトナリである。穴より洩《も》れてくる怪しげな笑い声。いったい何をしてそんなに笑っているのかと、ヤキモキするは人情の常というものであろう。

笑いつつフト見ると部屋のドアがかすかに動く。ギィーとか細い音が、びっくりして笑いやめた静寂の中に響いた。おトナリさん、ついにたまりかねて直接、見参に来たらしい。ムリもない。よろこび泣きというのはあるが、笑うというのはいまだに世界性史に例を見ぬであろうから。

Mさんはさすがに男、

「せっかく予約とってまで来てるのに、気の毒だからそろそろ帰りましょう」

という。私は女ゆえ意地悪である。もう一度、穴に向ってわざとなまめかしき笑い声をクウクウと立てて気をもませ、そうしてそうして部屋をいで立ったのである。

玄関で例のヒチコック・バアサンに七百円の料金を払い、

「ありがとうございました。またどうぞ」

の声に送られて表へ出た。いつか師走の夜は更けて、あちこちの旅館より次々に二人づれの人影が出てくる。あのバアサンたちは今頃、いっているだろう。

「あの二人、へんな二人だったねえ。いったい何しに来たんだろ」

「どうせヘンタイにきまってるよ。しょっぱなから穴、穴っていってたんだもの」

「実際、へんな世の中になったもんだねえ」

全く同感の至り、忙しい忙しいといいながら、ヒマ人が多い。生活苦しい苦しいといいながらイロゴトに金惜しまぬ人が多い。それにしてもあのオトナリさん、今となっては何となくなつかしく、名など名乗り合ってくさぐさのことをお詫び申したい心境である。

パトカー同乗、深夜を行く

パトカーに同乗して、夜の新宿界隈を探訪することになった。今回の探訪はきわめてマジメな意図である。おまわりさんのご苦労を知るためにパトカーに乗る。

おまわりさんのご苦労を知るためもあるが、私にはパトカーに憧れた時代もある。サイレン鳴らしてふっ飛ばすのはどんなにいい気持だろう。数年前、ハイウェイパトロールというアメリカのテレビドラマがあった。隊長のダンが機敏に活躍してワルモノを捕らえる。ワルモノ追って疾走して来たパトカーが急停車するや、ヒラリと飛び降りるダン隊長。飛び降りざまにピストルの応戦。必ず負けるのはワルモノの方で、パトカー隊員の方は不敗の雄《ゆう》なのである。

ところが日本のテレビドラマといえば、パトカーのおまわりさんをイメージダウンさ

せること甚《はなは》だしいものを作る。パトカーのおまわりさんが登場すると、必ずや、

「待てェ！」

といってドタドタと走り、見失ってしまう。必死で逃げようとしているやつに「待てェ！」などと悠長なことをいっても待つわけはないのだが、「待てェ！」とやっては逃げられている。もっと気の毒なのは交番のおまわりさん。

「もしもしッ！　もしもしッ！　本署ですかッ」

と電話にかじりついている場面がほとんどで、そうでなければ後ろから撃たれるか刺されるかして倒れている。我が国のドラマで活躍するのは私立探偵とかガードマンばかりなのである。これではおまわりさんに気の毒すぎるように私は思うが、実情は果してどうであろうか。

私がパトカーに同乗すると聞いて私の老母は心配していった。

「チョカチョカするんやないで。出しゃばるんやないで」

私は四十数年間、常に母からその言葉をいわれつづけて来た。母は常に私のすることを顰蹙《ひんしゅく》している。母は、

「危ないからね、気ィつけて」

とはいわない。

「おひとに迷惑かけまっせ」

という。それが口癖になっている。

空は晴れて寒気しみわたる夜である。私は文藝春秋のM青年と共に警視庁第二自動車警ら隊野方分駐所なるところへ出かけた。出発に先立って二人の若いおまわりさんに紹介された。この二人のおまわりさんと今宵の警らを共にするのである。佐藤愛子同乗につき警視庁が指名したおまわりさんだ。もしかしたら佐藤愛子を油断ならぬ女とみて、成績優良、志操堅固、とびきりのマジメ人間が選ばれたのかもしれない。

「パトロールしていて、何か面白いことありませんか」

「はっ、面白いこととは、……どういうようなことでしょうか？」

という、マジメ調子である。

「例えば夫婦ゲンカに巻きこまれてひどい目にあうとか……」

「はァ、あります。子供が一一〇番にかけたものですから、まいりますと旦那さんの方が暴れておるですね。あまりひどいので連れて行こうとすると、奥さんが怒り出しまして、なんでうちの人を連れて行くかと……」

「喧嘩のもとは何です」

「おかずが気に入らんというのがもとでして」

「双方のいい分をお聞きになるのですか」

「はァ、一応聞いて、仲裁をします」

昔は夫婦喧嘩の仲裁は長屋の大家さんと決まっていた。だが今はパトカーのおまわりさんが大家さんの役目をやらねばならぬらしい。

「女同士の喧嘩なんかありますか」

「あります。ヌードスタジオの女三人とホステスが二人、街頭で喧嘩をやりましたが、ものすごいものでした。ひっかくやら殴るやら、靴をぬいでですね、それでブン殴るんです」

「へえ、そんなとき、どうするんですか」

「女の喧嘩は分けるのがむずかしいですね。どこをつかんでいいのかわからない。すぐ、

〝さわったね、エッチ！〟とどなりますから」

「痴漢などはどうですか」

とM青年。

「はァ、痴漢はまだシーズンじゃありませんから」

「この頃はカーセックスというのがはやっているそうですが、やはり盛んですか」

「はァ、盛んですね」

「この寒いのに！」

「いや、暑さ寒さはカンケイないのとちがいますか。車の中はあったかですから」

「そういうのを見つけたら、どうするんですか。見て見ぬフリして通りすぎるわけですか」

「いや、一応、注意します。公衆の面前でワイセツ行為をしてはならんということになっとりますから」

「ではノゾくわけで？」

とMさん乗り出す。

「はァ、それも義務ですから。強姦されている場合なども考えられますし……」

「すると何ですか、つまり、そのう……真最中のときは、すむまで待っているのですか？」

さすがマジメおまわりさんも少し苦笑して、

「いや、待ちはせんですが、懐中電灯で照らしますから」

「照らされるとやめますか？」

「たいていはびっくりしますが、中には気のつかん人もいます」

「そんなときはどうするんです。入って行って引き分けるんですか」

犬のさかりなら水をぶっかければ放れるが、人間ではそうも行かぬだろうというとおまわりさん苦笑して、

「声をかけます」

「かける方も辛いだろうが、かけられる方も辛いでしょうねえ」

「夏のことですが、ドアを開け放してすっ裸でそのう、ナニしとるのがおりまして、裸の背中に蚊がいっぱい止っておりまして」

「蚊は揺れつつ血を吸ってたわけですな」

こういうことをいうのは私ではなく、M青年である。

「冬は窓を閉めていますが、何もせずに並んで話をしているだけなのは、ガラスが曇っておらんですね。しかし、そのう、やっとるのは、ガラスが曇っておりますので。すぐわかります」

つまりただの話ではガラスが曇るほどの熱気はたちのぼらぬというわけらしい。

「くもりガラスをマークせよ、か！　こいつは面白くなって来たぞ」

Mさんはモミ手などしてひとりで喜んでいる（実際困るねえ。私まで品格を疑われる）。

午後八時、私たちは出発した。

「四二二号、作家佐藤愛子さん同乗」

とS巡査が無線で警視庁無線センターへ連絡。車は野方分駐所を出て町へとすべり出た。いかなる事件が四二二号の行手に待ちかまえているか。拳銃強盗か、強姦魔か。はや母の訓戒忘れて、私の心はやたけにはやる。間もなく連絡が入った。N町のアパートで女同士が喧嘩だという。ただちに現場へ直行。と、既に先着のパトカーが二台も来ている。四人のおまわりさんがアパートの前で二人の若い女性と話をしている。はや仲直りが成り立ったのかといささか失望して近づいてみると、その女性は喧嘩の当人ではなく、喧嘩の片方に頼まれて一一〇番にかけた同じアパートの住人だったということである。喧嘩の当人はどこへ行ったのか姿は見えぬ。

事情を聞くとこうである。このアパートに住むさる女性の旦那さんはK町の米屋の旦那だそうで、四年前に本妻さんと別れてこちらさんと一緒になった。本妻さんは米屋を出て別のところに住み、旦那さんは米屋の店からこのアパートへ通い夫として来ている。ところが本妻さんが最近になって、急にアパートさんを襲いに来るようになった。そうしてムリヤリ部屋から引きずり出し、階段を引きずり降ろして乱暴するという。階下の奥さんは今度来たら一一〇番へ電話をかけてくれとかねてから頼まれていたところ、今夜、現れた。その奥さんが階段を引きずり降ろされたので、下の奥さん、ハリきって一一〇番へかけたのはいいが、その間に二人ともどこかへ行って姿が見えなくなってしまったのだ。

「本人がおらんことにはどうもならんねえ」

と先着のおまわりさん、ボヤいている。そのとき、電話をした奥さんが叫んだ。

「あ、来ました。あの人が上の奥さんです」

見ると年の頃五十を幾つか過ぎた感じ。米屋の旦那さんを本妻さんから奪った女性とは、もっと若き美女かと想像していた私はちょっと呆気にとられる。髪乱れ、和服を着て素足につっかけをはいている。

「主人は？　主人はまだ来ない？　そのへんに隠れてるんじゃないかしら、あの女……」

とくらがりをすかし見る。

「今、主人のところへ電話したの、もう来てると思って来たんだけど、そのへんに隠れてるんじゃないかしら……」

「もう一人の女の人はどうしたんですか」

「知りませんよ。あたしは逃げて、電話をかけに行ったんだから、……あたしはね、だからもうイヤだといったんです。昨夜ももう別れようと主人にいったんです。そうしたら主人はゼッタイ別れないというんです。あたしが別れたいというのに、ゼッタイお前とは別れないというんです（と、ここんところを彼女は四回くり返した）。でもあたし、もう別れます。今夜来たら、きっぱりそういってやるわ。別れますよ、もう……こんなこと年中くり返すんじゃもう沢山……」

おまわりさんたち、黙念《もくねん》とその言葉を聞く。それにしても米屋の旦那さん、どこで何をしているやら。もしかしたら我々の姿を見て、そのへんに隠れているのかもしれない。

パトカーは引き上げることにした。大山鳴動《たいざんめいどう》して鼠一匹《ねずみいっぴき》も出ず。それにしても米屋のイロ男の顔が見たかった。走り出した車の中に他の管区のいろいろな連絡や報告が入っている。火災報知機のいたずら。暴力団がアパートに来ている。息子が親爺《おやじ》と喧嘩をしてパトカーを呼んだ。盗難車の手配、酔っ払いの怪我、道に倒れていた男は怪我人ではなく、浮浪者が布団にくるまって寝ているのであったこと。どうも目ぼしい事件はない。事件がないのは泰平のしるし。めでたいことにはちがいないのだが、ルポライターとしては困るのである。何とかサイレン鳴らして走るようなことが起きぬものか。

四二二号は新宿副都心へ入って行った。青梅街道から甲州街道へぬける陸橋の両側にズラリと車が並んでいる。徐行しながらその一つ一つを覗いてまわる。たいていの車に若い男と女が並んで坐っている。たまにひとりで運転台に坐っているのがいると、何か悪ダクミでもしているか、そうでなければボンクラに見えるのがおそろしい。

「あれは男と女じゃないね、男と男だ」

「いや、左は女ですよ」

「女ですかねえ、男でしょう」

「右が女ですよ。左は男だ」

「そうかねえ、ぼくは二人とも女だと思うよ」

意見は種々に分れる。横へまわってまだ女か男かわからない。通りすぎてふり返り、それでもまだよくわからない。

「この頃はややこしくてねえ、困るんです」

とおまわりさん。

時間が早いせいか、車の男女はまだ並んで坐ったまま談笑しているのが多い。今は一見快活に談笑しているが、その心中、何を画策しておるか、いくら快活ぶっても当方にはちゃんとわかっているのだ。

「くもりガラス、くもりガラスと……、あっ、あった、くもってる！」

こういうことを叫ぶのは、M青年にきまっている。なるほど、時間は八時をまわったばかりというのに、はや曇っているガラスがある。おまわりさんが降りて窓ガラスを叩く。むっくり起き上る青年。女は寝たまま。目をつぶっている。窓を開けるとプンとウイスキイの匂い。型通り名前を聞き、運転免許証を見、二人の関係を聞く。

「友だちです」

という答。その問答の間も女は眠ったフリ。今までイチャイチャやっていて、急に寝たフリすることもないだろう。

「そっちの人、起きて下さい」

おまわりさんに声をかけられて、パッチリ目を開く。開いたとたんにニコッと笑い、身を起して、

「は？　なんです？」

と愛らしき目をクルクルとさせる。いやはや勝手がちがうことおびただしい。私など大正生れはこういうときには、色青ざめワナワナとうち慄《ふる》えて生きたそらなく泣き伏すものだとばかり思っていた。が、生きたそらない方は男の方で、女の方はニッコリクルクルだ。しかもその前は寝たフリときてる。

「学生さんですか！」

「ハイ、A女子大」

と可愛らしい声でテキパキと返事。

「お酒を飲んでましたね」

「いいえ、ぼくは飲んでません」

と青ざめたる青年答える。

「そんなことないでしょう。車の中、くさいですよ」

「飲んでたのはアタシ」

と女子大嬢。青年をパトカーの方へ連れ込んで、飲酒テストの結果、飲んでいないことがわかる。

パトカーは出発した。一同沈黙。何となしにうら寂しき気分なり。向うは青春に酔っている。こっちは青春過ぎし四人づれ。くもりガラス選んでのぞきに行くもうら悲し。

「最後に何をいったんですか？　別れぎわに？」

そう聞くと、ポツリと一言、返事が返って来た。

「気をつけて帰って下さい……」


黒い詰襟《つめえり》にサーベル下げて、ガチャリガチャリと鳴らしながら歩いていたおまわりさん。強くて権力を持っていて、この世にこわいものなしという（ように見えた）おまわりさん。怪しい人間を見れば（怪しくなくても勝手に怪しいと思えば）「オイ、こら！」という呼びかけで人を呼びとめ、何かとイチャモンをつけて威張った。それが私の子供の頃のおまわりさんである。この世でおまわりさんほどこわいものはなかったので、親は何かというと、

「そんなことをするとおまわりさんを呼んでくるよ」

と、お化けについで子供おどしの武器としたのである。

ところが今はどうか。民主警察なるものが誕生し、おまわりさんは〝愛される公僕〟となったことによって、「オイ、こら」から「もしもし、あなた」に変り、何かというと「ご苦労さん」と敬礼するようになった。道を訊《たず》ねても「ご苦労さん」だし、泥棒に入られても「ご苦労さん」だ（ただしカーセックスの手合にはさすがにいわなかったね）。「ご苦労さん」「ご苦労さん」といって、やさしくにこやかになり、そうして次第にイメージダウンして行った。世の中はすべて力関係であるからして、片方が上れば片方が下る。今では国民の大部分がおまわりさんに敬意を払わなくなっている。とりたてて敬意を払わなくてもよいが、必要以上に軽視する風潮があるのは苦々しきことだと私は思っている。

自分の女房や子供にはアタマ上らぬくせに、おまわりさんにだけ威張るやつがいる。この世の憂さ、おまわりさんにたてつくことによって晴らそうとしているのではないかと思われるようなのがいる。ライトをつけずに走って来た二台の自転車に向って、パトカーから注意をした。

「ライトをつけて下さい」

その声で驚いたのか、後の自転車が前の自転車にぶつかり、ひっくり返って頭を打ち、やにわにくってかかった。

「なんでイ、いきなり声を出しやがって危いじゃねえか、あっ、イテテ……痛いっ、どうしてくれるんだ、気をつけろ」

それでもおまわりさん怒らずさわがず。

「ライトをつけないと危いから注意したんですよ」

「何いってやがんでい、この野郎、ふざけやがって……」

という調子。それが二十歳になるかならぬかの若者である。かと思うと新宿の繁華街、土曜日の夜の十一時半頃ともなれば、車が混んで身動きつかぬ状態となる。そこへ喧嘩がはじまったという報知あり。急いで行くにも進むことが出来ぬ。サイレンを低く鳴らして警告しても、皆そしらぬ顔。

「バカヤロウ、ウーウー鳴らすなったらこの野郎。混んでるものを鳴らしたってしようがねえだろう！」

と罵声がとぶ。そうこうするうちに喧嘩は終り、おまわりさん警視庁へ報告。

「喧嘩の男はいずこへか逃走した模様です」

いや、逃走したんじゃない。ケンカに飽きて帰ったのだ。

かと思うとおでんの屋台で酔っ払った爺さん。パトカーに近づいて来ていう。

「浅草まで送ってくれないかよう。電車がねえんだ、連れてってくれよォ」

おまわりさん答えて曰く、

「明日、連れてってあげるからね。今日は都合が悪いんだ」

「そんなこといわねえでよォ、連れてってくれよォ」

「明日、明日。明日連れてってあげるよ」

「ケチなこといわねえで連れて行けったら行けよォ、なんでい、このおまわりめ、ウーウー鳴らすばっかりが能じゃねえぞォ」

いかなる罵詈雑言《ばりぞうごん》にもただ、にこにこと耐え忍ぶのが、今のおまわりさんである。

酔っ払いがからんで来ても、おまわりさんは殴ってはいけない。からんでくる酔っ払いをいい加減にあしらったら、パトカーのナンバーを控えて一一〇番へ通報した。あのパトカーは職務怠慢だというわけである。かといって本気で喧嘩したらもっと大騒ぎになるのはわかりきっている。

「喧嘩するならパトカーと」

という言葉があるそうだ。パトカーのおまわりさんなら、いいたい放題、したい放題、絶対に負ける心配がないからだという。実際、この頃の男はつくづく質が落ちた。男のくせに弱い者虐《いじ》めをするのか。刀ぬいてはならぬ殿中でさんざん内匠頭《たくみのかみ》を辱《はず》かしめ、

「殿中でござるぞ、殿中でござるぞ」

と叫んだ吉良上野介のような男ばかりだ。江戸は昔から野次馬の町として有名だが、その野次馬の質も落ちた。官憲に協力するなどという熱血漢は一人もいない。

「おまわり、がんばれ！」

などといいながら、せっかくつかまえた喧嘩男をパトカーの中に押しこんだとたんに、向う側のドアを開けて逃がしたりする野次馬がいる。おまけにその犯人、逃げぎわにパトカーの中に置いてあった電気カミソリを持って行ってしまったという。

犬も喰わぬという夫婦喧嘩に顔を出してケンツクくらい、人の恋路を邪魔して恨まれ、喧嘩ふっかけられ、酔っ払いの世話をし、それで感謝されるかといえば、相手はますま

すつけ上り、いい気になって威張りくさる。ただただ忍《にん》の一字を手のひらに書いて、それを呑み込んでニコニコ顔。

　分駐所へ帰れば、はや午前二時。何の事件も起きぬ平和な夜である。サイレン鳴らしてハイウェイぶっ飛ばす私の夢はあえなくつぶれぬ。拳銃強盗も強姦魔も現れなかった。昭和元禄の泰平の夢まどかに、都民は深く寝鎮《ねしずま》りぬ。それにしても、栄枯盛衰は世の習いなれど、警視庁警らの制服に、忍の衣《ころも》がかかっているとは、あまりにいたわしいではないか。今日より私はおまわりさんの味方となろう。佐藤愛子は常に正義の味方、そして弱き者の味方なのである。

ピンク映画ただいま撮影中

ピンク映画というものがあるそうだ。別称成人映画ともいう。この頃は何でもカタカナを使ってハイカラめいた雰囲気を与えるのが流行だが、モモイロ映画といわずに、ピンクというところがミソなのだという。そういえばブルーフィルムという名称を聞いたことがあるが、それを日本ヨミでいうと何というのか、青映画か、紺映画か、浅学にして私はよく知らぬのである。ところでピンク映画なるものは、いつから生れたのかというと、今から五年ほど前にある大手会社が経営の危機を脱するために作ったのが大当りに当って以来、急激にブームが来て、あっという間にピンク映画専門のプロダクションが二百四、五十社も出来た。プロダクションといっても、町の八百屋のオッサンなどが、儲かることとうけあいと聞いて、ヘソクリ出して作らせた、というような町工場的なもので、クランクインから音入れして完成するまでに十五、六日もあれば充分という即席ラーメンなみの映画である。

何しろ予算がないので三十六時間ぶっ通しで働くことなど普通だという。五社と称する大映画会社では、やれ労働基準法がどうのこうのといって、五時になるとさっさと帰ってしまう手合でノンビリ作られているが、ここは「ホントに映画作りの好きな連中」が集っているから、三十時間であろうと四十時間であろうと、映画作りへの情熱でぶっ通しに働くのだとさる監督さんがいった。それにしても、こういうプロダクションが二百四、五十社もあると聞くと「ホントに映画作りの好きな連中」が世の中にはずいぶん沢山いるものだと、改めて感心せずにはいられない。しかしこの「ホントに映画作りの好きな連中」の中には、ホントに映画作りが好きなのではなくて、「ホントに女の子の裸が好きな連中」あるいは「ホントに金儲けの好きな連中」もいるのではないのか。

ところでここに「一人四役！　ピンク界のチャップリン」といわれている人がいる。プロダクション鷹を設立し、製作、脚本、監督、出演をやってのける。月に平均一本半の製作をし、一晩でシナリオを書く。即《すなわ》ち彼こそ「ホントに映画作りの好きな連中」のトップに位する人なのである。

某月某日、私はこのピンク界のチャップリン氏の撮影を見学に行った。撮影場所は都心より二時間近くかかる新興住宅地の中の貸スタジオである。貸スタジオといっても、ダイニングキッチン、茶の間、寝室のある一軒の家で、どうやらピンク映画社専門の貸スタジオと見受けた。寝室にはダブルベッド、三面鏡などがすでにそなえつけられ、寝室と居間はカーテンで仕切られている。

今日の撮影は「色狩り、みな殺しの誤算」という映画である。

「通り魔の犯行か？

次々に四人の連続裸女殺人事件が発生する。それは意外な完全犯罪を狙う殺人鬼の魔手によるものであった。

そして更にひろがる殺意の波紋！

だが、その終局で思わぬ誤算が……

そうした強烈非情なサスペンスドラマを一時間十分に展開させ成功させたいと思う」

これが「色狩り、みな殺しの誤算」の製作意図である。何だかしらぬが、やたらに裸の女が殺される映画らしい。シナリオの発端はこうである。

＊

ある一室

ニャーゴ、猫がもの哀しく啼いて小棚の上から床へ跳び降り、暫く佇ちつくしたが――再び訴えるようにあたりへ首を廻らせてニャーゴ、ニャーゴ――啼いて部屋の暗がりの一端へ眼を据えた。

音楽！

その暗いかげりの隈《くま》の中に、白い人体が仄《ほの》かに浮き上って見える。眼がなれてよく見るとそれは若い全裸の女性（ゆかり）であり、彼女はその頸《くび》に巻かれて固く結ばれたハンカチによって絞殺されているものであることがわかる。

カメラアイがゆっくりゆかりの屍体《したい》から床をはうように隣室へ移動し、更に廊下を横切って、明るい灯りの縞《しま》を描き出す半開きの扉から浴室を覗き出す。

音楽！

ここにも若い全裸の女性（幸子）が浴槽から上半身をのけぞらせ、同じく頸部を細紐で縊《くび》られた絞殺死体となって息絶えている。

流れカット

階段を上りつめたドアが半開きになっている。ベッドが見える。そのベッドの近くの床にこれも全裸の若い女（京子）が絞殺死体となって横たわっている――

ナレーション

「晩春の一日、いかなる通り魔の犯行によるものか、都心の一角に若い女性三人を襲った残忍な陵辱《りょうじょく》殺人事件が連続発生した」

月光に映える高級住宅街

＊

今日の撮影はその三人の女が次々に殺される場面である。まず幸子という女が風呂場から出てくる。ものかげに男が立っていて彼女を襲い締め殺す。本当は幸子がハナ歌を歌いつつ浴槽につかっているところをやられるのだが、この風呂場には浴槽がないため、臨時処置として風呂場からのぞくことにしたのである。女が風呂場から顔を出す。何かの気配を感じた様子。男を見つけてギョッとする。そのギョッとしかたがどうもいただけないねえ。監督じれる。二十二、三歳の小柄な女優。均整はとれているが、ボリューム女優のほうではない。気には入らないが、テスト三、四回で本番となる（全く早い早い）。はっと驚いたとたんに男の黒い腕が伸びて女を掴《つか》む。間髪入れずつき倒され、バスタオルをはぎ取られる。——

ここでカタズを呑む人もいるかもしれないが、バスタオルをはぎ取られても、かんじんのところは見えぬしかけになっている。ナイロンストッキングのキレハシをセロテープ（？）で三角にはりつけてある。そんな面倒くさいことをするのは、映倫が恥毛を写してはいかんということにきめているからだそうで、必ずしも本人が張りつけたくて張っているわけではないらしい。

しかし床に押し倒された女優さん、テストの間もしきりと、そのへんを気にしている。

「大丈夫！　見えやしないから、気にするな！」

と監督さんがいうが、それでもやはり気にするのは、乙女心というものであろう。裸をウリモノにしていても、最後のものは守るという健気にも涙ぐましい心情である。床の上で揉み合う二人。

カット！

間髪入れず、気にかかる場所に助監督がタオルをかけてやる。次はいよいよ首をしめられる場面である。のしかかった男、馬乗りになってハンカチを首にまく、暴れる女。そのとき女優の頭よりカツラ外れる。監督びっくり仰天。

「なんだ、おい、それカツラか」

さすがに和製チャップリン氏、

「よし、では断末魔のときに、そのカツラを握りしめて死ね！」

しかしカツラをかぶって風呂に入る女というのも珍しい話だ。ダンマツマの手のアップ。苦悶を現わす手がカツラへと伸びる。それを掴む。二度、三度、痙攣《けいれん》する。そうして止る。彼女は息絶えたのである（何だかしらんが、新米のコソ泥がくらがりで品物を物色しているような手つき。しかし、まあ、よかろう。とにかく早くやってしまわないと、スタジオの借り料がかさむ）。

次は京子という女が寝室で殺される番である。ところがこの京子さん、九時からの撮影開始というのにまだやってこない。

「ダメだ、あいつは……ダメだ！」

監督さん、カンカンに怒っている。どうやら彼女は遅刻常習者らしい。この前も三時間遅れたとか。全く協力してくれなくちゃ困るねえ。予算の都合を考えてくれなくちゃ。これだから今の女はダメだといわれる。

やっと京子さんがやって来た。色白のたっぷりと大きな女優。年は十七とか。

「すみませーん」

とけろりと入って来た。

「こらッ、今、何時だと思う！」

監督さん一喝したが、何しろ先を急ぐ。そうゆっくりも怒ってはいられないのである。すぐに撮影開始。寝室のベッドで彼女が眠っている。いかにも遅刻常習者らしいあどけない寝顔。男の影が迫る。上にのしかかる。ネグリジェが引き裂かれ、男の手がパンティにかかって脱がせようとする。カット。

「映倫、大丈夫かな」

「大丈夫だよ。ここまでなら」

しかし万一ということを考えて、予備のシーンを取っておく。すでにパンティを脱がされて片脚に引っかかっている図である。全くあちこちにイロイロと気づかいをせねばならぬ。たいへんです。

男、オッパイつかむ。女、痛がって横を向く、俳優さん、片手でオッパイつかみ、のんびりふり返って曰く、

「見えませんかァ、この手……」

女絶叫。男、ズボンを脱いで女の脚の間に割って入る。女の手、シーツを握ってふるえる。次は足の芝居。足がジリジリと上へ曲っていき、それからジリジリともとへもどる。監督さん曰く、

「その指の先は反りかえっている――」

足の指、反りかえる（ここはリアリズム）。

「ようし！　カット！」

カメラは化粧台の花瓶の花が揺れるさまを写す。助監督がヘッピリ腰で化粧台をガタ

ガタとゆするのである。花瓶の花、揺れやむ（ここはサンボリズム）。

男はポケットより細ビキニを取り出し、女の頸《くび》にまきつけて締める。女、死ぬ。ダラリとベッドからサカサに頭を垂れる。殺し屋の俳優さんは濃い眉、色黒く、たくましい身体つき、惜しむらくは頭の中ほどが少し薄れている。気の毒にフウフウ息を弾ませて玉の汗。二人の女を絞め殺し、もう一人これから殺さねばならぬのだ。

最後に殺されるのは今日がはじめてという新人嬢である。ほっそりとした身体つきのおとなしそうな女性。二人の女が次々に殺される撮影を見向きもせず、端然と正座して週刊誌を読んでいる。

ここで昼食となる。金百五十円なりの卵ドンブリとチャーハンが届けられる。休憩二十分で三人目のコロシが始まるのだ。それにしても〝色狩りみな殺し男〟であるかの俳優さん、百五十円の卵ドンブリで三人も殺すんじゃあ、身がもたんでしょうな。

昼食後、三人目の殺しがはじまる。

「君、着物を用意して来たね？　コシマキ、持って来た？」

「ハイ。持ってきました」

と、新人嬢、なかなかテキパキしている。新人嬢が茶の間にいるところへ、男が入ってくる。新人嬢の帯の端を持って引っぱる。新人嬢クルクルとまわり、着物が脱げてコシマキひとつになる。最初は風呂上り、次はネグリジェ、今度はコシマキと、それぞれに趣向を変えてあるのだが、ここで監督さんの意図がちょっと外れた。男がコシマキをぱっとはがすと、スルリと裸身が現れる、という寸法が蹉跌《さてつ》をきたした。というのはこのコシマキ、ずんどう式になっていて、いくら俳優さんがネツを入れて引っぱってもパッとはがれるというわけにはいかぬのである。それにしても、もうちょっとなまめかしいコシマキを持って来てほしかった。このコシマキには生活の悲しみがにじんでいる。

仕方なくコシマキは揉み合いながら踏みぬぐことにし、新人嬢と殺し屋との格闘になった。どうしてどうして、この新人嬢、なかなかの熱演である。コシマキの下はすでにパンティを取っている。さきの二人にくらべて職業意識に徹しているではないか。新人嬢、畳の上に押えつけられ、バタバタと抵抗し、麻繩《あさなわ》で頸をしめられて死ぬ。どうやらこの色狩りみな殺し男は、もとはトリ屋か、やたら首を締めるのが好きだ。とにかく締めの一手である。たまには鉄人二十八号のごとく、一うちで殴り倒すとかひねりつぶすなどという勇猛なのはないものか。

スタジオを出れば、冬の日ははや暮色に包まれ、疲労がどんよりと身体の底にこもっている。スタッフはこれからまだ、深夜にいたるまで撮影をつづけるのだ。これはもう、カケ値なしに「ホントに映画作りの好きな連中」にちがいない。せめて夕飯は二百円くらいのカツドンくらい、食べていただきたい。


翌日、私は某成人映画劇場へ出かけていった。観客席はチラホラの入り。見渡したところ女は私一人である。スクリーンに三人の男が酒を飲んでいる。その部屋の隅にテレビがあり、そこに男女のからみ合う姿が写っている。それを見る三人の男の表情。真中の中年男、ゴクリとつばを呑みこんでみせたりするところ、なかなか芸が細かい。テレビを見て「ウヒヒヒヒ」と笑う。その隣を見て驚いた。昨日のあの〝締めオトコ〟だ。今日はメガネなどかけている。しかし昨日とはちがい、ここでは彼は殺される役である。

この映画では女がやたらに男を殺す。なぜやたらに殺すのか、一生懸命に見れば見るほどわからぬのである。しかし殺しかたは昨日とちがって、イロイロである。ウヒヒヒの男は色じかけで布団の中につれこまれ、やにわにふぐりをつかまれ、ねじ上げられて、モンゼツし、風呂に投げ込まれ、心臓をつき刺されて死ぬ。

昨日の締めオトコは雪の中をこけつまろびつして女と格闘し、女がかぶっていたカツラの毛でしめ殺される。この女、鉄人二十八号にも劣らぬ腕力の持ち主である。更に彼女は三人目の男と山中で抱擁し、ブラジャーに仕掛けのしてあった毒刃が下からとび出て男の胸をひと突きする。そうしてまた更に彼女と同性愛を楽しんでいたコロシ引きうけ業のマダムは彼女とキスをして悶え死ぬ。彼女の唇には毒入り口紅がつけてあったのである（しかしその口紅をつけていた当人の方は何ともない）。

まことに凄絶なるコロシオンパレードである。さすがの私もタマひねりなどというテがあるとは気がつかなかった。ピンク映画が何でもかでもお客を呼んだ時代ははや過ぎて、製作者たちはあの手この手と頭をヒネリ、ヒネることにあまりに一生懸命になり過ぎた結果、百人力の女が現れたり、殺したあとの屍体はそのままどうなったのか、風呂の中にほうりっ放しにしてあるのに一向にさわぎにもならず、百人力の女はパンタロンの裾をなびかせて夕陽の中に立ちつくすのである。題して「夜の穴場」！　いったい何が夜の穴場なんだか。

それにしても世の男性はかかるピンク映画を見て、ハッスルせんとて行くのであろうか。それともアカセンなくなりたる今日、勉学せんとて行くのであろうか。お客の男性、ビクとも動かず、凝然と沈黙して画面に見入る。濃厚なベッドシーンになると画面が突如、カラーとなる。さあ、いよいよですよ、よく見なさいよ、との親切心なのか。むき出しのオッパイを男の手がもみしだく。女があえぎ、うめき、のたうちまわる（ちょうど、陣痛のときに似ているね）。カメラ転じて脚へ移る。からみ合った脚が、動きまわる。カメラまたオッパイへ。また脚へ。オッパイへ。脚へ。お客、寂として石のごとし。オッパイから脚へ行く中間のところでなぜカメラを止めぬのかと恨み胸中に満ちているのかもしれない。今にとめるか今にとめるかと、カタズをのんで待っているのかもしれぬ（気の毒に）。そうして待ちぼうけくらって、映画は終り、場内は明るくなって欲求不満のまま、悄然《しょうぜん》と帰路を辿る。気のせいか、お客の表情は競馬ですった男、あるいは夜々、隣の新婚夫婦に悩まされている独身の顔つきに似ているのである。

「十八歳以上の女性の方で映画出演に興味をお持ちの方、清純無垢《むく》な処女性を望みます。

役柄

あるモデルの生と死と。『薔薇の賛歌』の主役。創られた純潔のイメージと死ぬほど燃えたい女心のジレンマに泣く」

こういうタレント募集が新聞や週刊誌に出た。主役に選ばれれば二十万円の出演料がもらえることになっている。とはいうものの、映画は成人映画である。〝清純無垢な処女性〟の持主が、果して自らすすんで応募して来るであろうか。

私はその審査風景を覗きに出かけた。どんより曇った寒い午後である。審査会場にはK映画社長をはじめ営業部長、製作部長、監督などの席がズラリ一列に並んでいる。応募人員は十二名。いかにもあどけない学生風あり、BG風あり。チンコロねえちゃんみたいに威勢よく入って来て、「えーとですねえ」「それでですねえ」を連発し、ニヤリと笑って桃色の舌でペロリと唇をなめて引き下って行く娘さんあり。皮のパンタロンに黒セーターの颯爽たるお嬢さんに質問者曰く、

「ピンク映画に対する抵抗はありますか?」

声ありて、

「ピンク映画なんていうなヨ」

お嬢さん「ありません」

「清純《せいじゅん》無垢《むく》な処女性を望むと書いてあるんだけど、君は処女?」

お嬢さん「いいえ、ちがいます」

とニヤリ。

質問者小声で「ザンネン」

まずかような審査風景である。

「あなたはこの募集をどこで見ましたか」

「ダッシで見ました」

「ダッシ? ああ、雑誌ネ」

と丁度、和歌山出身者が審査員の中にいたのがよかった。

「君は処女ですか?」

「処女です。でも、よくあそんでるって見られるんですけどネ、それがちょっとシャクですけどネ」

彼女はタレントセンターへ通うかたわらエキストラなどもし、太田八重子の〝愛一筋に生きる生き方の美しさに共鳴した〟そうである。

十二名の応募者は面接のあと水着に着かえて一列に並ぶ。中にひときわ目立ってプロポーションよき美女あり。履歴書見れば齢《よわい》三十歳、銀行員の妻だという。

「ご主人は承知していらっしゃるんですか」

「いいえ知りませんが、もし主役をいただけるようになったら、説得する自信はあります」

彼女は堂々と表現力テストの問題を読み上げた。

「先生、わたし、先生のモデルにならなければ、つまらない平凡な青春を、意味なく送ってしまったんだと思います。こんな素晴しい青春を私に与えて下さった先生に感謝しています。心から……」

銀行員の旦那さん、今頃女房がこんなところで水着を着て、「先生、わたし……」などといっているとは、神ならぬ身の知るよしもないにちがいない。

「ナマムギナマゴメナマタマゴ
トナリノ客ハヨク柿食ウ客ダ……」
私は呆然《ぼうぜん》として次々に現れる水着姿の娘さんの、寒さにマダラブチになったフトモモやペタンコのお腹や、寒そうなおヘソを眺めた。東京というこの広大なルツボの中で、ある日、こうして裸女優が選ばれ誕生する。そうしてまたそのルツボの中で、昼夜ぶっ通して女の裸がうめいたり殺されたりする映画が撮影され、そうしてまたそのルツボの中で、石のごとくになってそれを見物している一群の男がいる。
ピンク映画がそこにあるから見るのか。見たい人がいるから作られるのか。私にはよくわからない。私にわかっていることは、とにかくそうこうして人間は生きているということだけである。

誰のための万博か

思いめぐらせば一月末のある日のことである。某テレビの某なる人物から電話があり、万博レポーターとしてテレビに出演してほしいという依頼があった。

バンパク！

それを聞いて私はゾッとした。ついに来たか、と思った。どういうめぐり合せか、私は昔からこうなると困るなあ、と思っていると、ふしぎにそうなる運命にある人間である。万博が人々の話題に上りはじめた去年の秋頃より、私はこういう事態が来るのではないかとひそかに危惧していたのだ。

そこで、わざと方々で、バンパクなんかつまらんです。なんであんなものやるのか。私は大キライですね、ああいうお祭さわぎは……と声を大にして叫んでいたのだが、それがかえっていけなかかった。あまり方々で叫んだのでかえってマスコミの注意を引いたのかもしれない。電話で断わったにもかかわらず、民放の人が四人だか五人だかどやどやと我が家に現れ、しかも、それが揃《そろ》いも揃って大男のハンサムで、中に〇というケンカに強そうな人がいて、

「万博嫌い？　結構ですなあ、嫌いな人にレポーターをやってもらう。それでこそええ報道が出来ると思いますなあ。ぜひお願いしましょう。こいつはいい。嫌いとは結構結構。いや、我々はそういう人を探しとったんです」

と強引に攻め寄せれば、残りの人々も口々に何やらわめき、呆然としているうちに話は一方的に決定して五人男は上機嫌にて帰っていったのである。

今にして思えば今日の私の怒りは実にその日に端《たん》を発していたのだ。その時にその一方的な決定に対して私はハッキリ怒るべきであったのだ。ところが私はそのとき怒りそびれた。そのころ私は徹夜つづきの仕事に疲労困憊《ひろうこんぱい》し、怒る力さえなくなっていたのである。怒りの力を消耗した佐藤愛子は牙を抜かれた虎のようなものだとさる人がいったが、とにかく私はおとなしい虎となって呆然と万博が近づいて来るのを眺めていたので

ある。

私は万博について何も知らない。知ろうともせず、知りたいとも思わない。万博についての知識といえば、そのテーマが〝人類の進歩と調和〟ということであるということぐらいなものだった。そうしてただそれだけの知識を持って私は開会の一週間前に、日本政府館のレポーターとして録画を撮るために疲れた身を飛行機に乗せられたのであった。

風の強い晴れた日である。千里丘《せんりがおか》の万博会場は開会を一週間後に控え、冷たい風の中でごった返していた。新聞社や放送局の旗を立てた車がひしめき、うっかりしていると自分の車がどこにいるのかわからなくなる。運転手は殺気立つというより、疲れてフヌケのようになり、交通整理のおまわりさん、また呆然として何を聞いても、

「さあ、そっちのことは知らんなァ」

のいってんばり。その中で道路は掘り返され、砂利が運ばれ、コンクリートがこねまわされ、悠々せっせとまだ工事が行なわれている。プレスセンターの窓から眺めると、七重の塔やブルーの気球のようなものや、とんがった屋根などが重なり合い、その下を

蟻のような人間どもが動いているのが見える。

広場では開会式の練習か、赤や薄茶やブルーの制服の一団が、寒風の中を白手袋の手をふって行進している。黄色いバスから子供の一団がゾロゾロ降りて来た。桃色ヘルメット、白ヘルメット、さまざまな外国人、交通整理員、おまわりさん、そうかと思うと子供をオンブしてノソノソ歩いているオッサン……何だかしらぬがやたらに大勢の人がウロウロしている。何をこんなにウロウロしているのだろうと思うくらいウロウロし、そうしてみな疲れた顔をし、いやいやながらここに集っているように見えるが、いうまでもなく私もその中の一人なのである。

私の役目は先にも書いたように日本政府館のレポーターである。第一日目はそれを見てレポートの内容を決め、リハーサルをする、という予定である。日本政府館へ行くとまだ残り工事の真最中だ。日本館というのは万博のマークである桜の花びらを現している五つの建物から成り立っている。

「真昼の太陽にきらめくシンボルタワー。夜空の照明に映える巨大な五つの円筒建築。日本館は広い会場のどこからでもよく見えます」

と案内書にあるが、建物を見て私はいささか憤然とした。私はいやいやながらこのレポーターを引き受けたとき、可愛らしい後進国の、一番厄介でないパビリオンを、という条件を出しておいたのだ。それをよりにもよって一番どでかいのをあてがわれた。

「五つの建物に囲まれた中央広場からは、四十五メートルの長いエスカレーターが正面の一号館に向って伸びています。その全観覧時間およそ二時間……」

その案内書の文章を読んでますますアタマにきた。

「ちょっと、約束が違うじゃないですか」

と今更いきまいても、我が家に来た例の五人男はどこかに姿を隠し、その代りだというインドの大学教授のような風貌の人が困ったような低い声で、

「何しろ、私はいきなり代りをやってくれといわれまして……何が何やらわからんままにかり出されまして……」

というばかりである。私はマンマと敵の術策にかかった心地しながら仕方なく一号館に入る。

「長いエスカレーターで館内を行くと、夜明け前のうす明りの中に無数の金属パイプが

立ち並んでいます。太古の杉木立を暗示するその空間は反射鏡の効果によって際限なく広がっているように見え、時おり鋭く光って日本の歴史の暁闇《ぎょうあん》を表現しています」

ということだが、この四十五メートルのエスカレーターは開会の日まで動かぬという。エスカレーターというものは元来、足で上るようには出来ていない。従ってその一つ一つの段はすこぶる高く出来ているのである。即ちそれを我が足で上っていけというのだ。太古の杉木立が時おり鋭く光って日本の歴史の暁闇を表現していますもヘチマもない。私は尻からげをし、(何しろ一張羅《いっちょうら》ゆえ)金毘羅《こんぴら》さまの石段を上るばあさんよろしく、よいしょ、どっこいしょと、四十五メートルのエスカレーターを上った。ようやく上りつめればそこは古代の日本で、青空を象徴する青いペンキ壁の前に一本の柱が立っている。それは日本古来の神道を象徴するものだそうで、床をつきぬけてそそり立っているのである。

そこから奈良、平安、鎌倉、室町、安土桃山、江戸、明治を経て現代に到るまでの文化の様相が展示されているのが一号館だが、四十五メートルのエスカレーターを上らされた足は、もういい加減にガクガクしている。

何しろ寒い。ものすごい冷え込みだ。建物が出来上ったばかりなので湿気がこもっている。そこへ何年ぶりという寒さだ。冷凍室の中にいるようなもので、酷使に馴れていない我が足は寒さのために筋《すじ》が攣《つ》ってどうにもならない。その中でレポートの内容をきめ、明日の録画の場所などを打ち合せる。私はだんだん機嫌が悪くなった。

「人類の進歩と調和なんて、いったいどこにあるんですか。え？　そもそも人類の進歩とはどういうことだと思っているんですか。なに？　現代人の食生活？　それがどうしたというんです。現代人がトンカツ食っていることをなにも、こんな場所でわざわざ展示する必要はない。くだらないですよ。小学校の展覧会ナミだ」

「はあ、ごもっとも。そうです。同感です」

インドの大学教授氏はさからってはまずいと考慮したのか、一も二もなく私の言葉に肯《うなず》く、あまり一生懸命に肯きすぎて、もう何もいっていないのに、

「まったく、その通り……」

などとまだ肯いている。そのうちに私はだんだんシリが痛くなって来た。あまりの冷え込みに突如、ジが起きたのである。なにもそんな尾籠《びろう》なことまで書く必要はないとい

われるかもしれないが、私は常に率直に事実を描くということを心がけている。つまりそれほど私は耐え難きを耐えたということをいいたいのだ。私は少女時代、寒さや痛さに耐えるとき「戦地のヘイタイさん」を思うことによって懸命に耐えた。しかし戦地のヘイタイさんがいなくなってしまった今、私は何を思ってこの苦痛に耐えればいいのかわからない。いったい私は何のためにここでジの痛さとコムラがえりに耐えて、見たくもない博覧会を見なければならぬのか。その意味はいったいどこにあるのか？

日本館を出れば外ははや薄暮迫り、雪がチラついている。乗るべき車は探しても見当らぬ。インド教授はつき人の青年に車を探してこいと命じるが、この青年、一向に急いだ様子もなくノソラノソラとそのへんを歩きまわるのみ、誰も彼もが疲れはて、情熱を失っているのである。ようやくやって来た車でプレスセンターへ行く。ここで明日の打ち合せをもう一度やるのである。

プレスセンターでは相変らず報道陣の群、朝と同じく疲れ果てた顔でウロウロし、窓から見ると赤、薄茶、ブルーのさっきの制服の一団、まだ行進、整列をくり返している。ヘルメットで行きかう人々、おまわりさん、工事関係者……驚いたことにはここでは朝も昼も夕方もニュース映画のごとくまったく同一の情景がくりかえされているのである。そのさまを見ているうちに何となく蟻の集団が連想された。蟻が集って何やら一生懸命に働いている。とにかく万博を立派に仕上げようと、それぞれ一生懸命に働いているようだ。しかし蟻と違うところは、その一人一人に蟻のようなイソイソしたところがないことだ。一人一人が仏頂面で働いている。しようがねえからやってやるよ、という顔で歩いている。

そのとき我が家へ強引に口説き落としにやって来た五人の男の一人、ケンカ強そうなるかのO氏が現れた。

「やあ、ご苦労さんです。どうですか、ご機嫌は」

「よくないですね」

私は待ち構えていたようにいった。とにかく約束が違う。最初の話は開会式の日だけ一日行けばよいという話だった。それなのに今ではパビリオンの録画のために二日、さらに一週間後にもう二日、開会式の中継をやらねばならぬという。それにこの寒さ。食堂へ行っても時間がくるまでは昼食は出来ない。マネージャーを呼んでくれというと、まだ来ていませんという。何時に来るのかと聞くと、さあ、わかりません。待ちに待ってやっと来た料理はまずいことこの上なしだ。こんな調子で四日もつき合わされてはたまったものではない。足は攣るし、ジは痛い……

「ガマンして下さいよ」

O氏はこともなげにいい、

「ぼくだって昨夜は一睡もしとらんのです。この三カ月、ロクに寝とらんですよ。みんなバテとるんです」

みんながバテとるからこの私もバテろというのか。自分が寝てないから、私にも我慢しろというのか。なぜ私がガマンしなければならない？　イヤだというのをムリに連れ出したのは誰なのか。

「いやいや、お互いに辛いです。ま、いたわり合ってガマンしましょう。もうちっとの辛抱です」

とO氏は向うへ行ってしまった。

ホテルへ帰ったのは九時である。私はバタリとベッドに倒れ伏したまま、風呂へ入る力もない。しかし私はこれから週刊A誌のために「アングラ芝居を見てアングリ口を開けた私」という情けない文章を書かねばならぬのだ。そのタイトルは週刊A誌のデスクが勝手につけた。しかし私は本当はアングラを見てアングリ口を開けたりはしなかった。私はアングラを見てもうホトホト現代に生きるのがしんどく、辛くなり、ああ、もうとても、ついて行けない。山奥の狸の穴にでももぐって木の葉の布団で眠りたいと滅入った気持になっただけである。しかし膨大な借金抱えてこの世の荒波と戦わねばならぬこの身は「アングラ見てアングリ口を開けた私」といわれれば、猿芝居の猿のごとくアングリ口を開けねばならぬのだ。

ああ、まったく何という世の中だろう。どうして次から次から人間はこう、色んなことを思いつくのか。色んなことを思いつき新奇なものを作り出す、それが人類の進歩だとでもいうのだろうか。万博は人類の進歩を謳《うた》っている。しかし人類の進歩とは何かということについて、いったい誰が、どれほど真剣に考えているのか。我々が今、進歩だと思っているもの、それは大ざっぱにいえば、要するに〝時間の短縮〟それのみではないか。さらにいっそうの〝時間の短縮〟に向って人間は、やみくもに動いている。何のためにそんなに短縮する必要があるのか。やたらに時間を短縮し、そうして人間はダメになりつつある。怠け者になりグウタラになり気魄《きはく》を失い、戦いを忘れ、情熱を失いつつある。万博会場で働くために集った人々のあの顔、あの無気力な呆然と疲れた非人間的な表情は〝人類の進歩と調和〟からはあまりにも遠く悲しい顔ではなかったか。

一週間後、私はふたたび万博会場へ赴《おもむ》いた。いよいよ明日は開会式である。会場は一週間前よりももっと混雑し、殺気立っていた。さすがに工事の人の姿は少くなったが、それでもまだあちこちにヘルメット姿が見える。報道関係の車の洪水。

千里丘は相変らずの寒さである。朝からどんよりと曇っていたのが、昼近くになって粉雪になった。烈風が粉雪を吹き散らす。私はその中で明日の中継放送に備えてリハーサルを行なわねばならぬのである。その場所はモノレールのプラットホーム、烈風吹きまくる一段と高い場所である。そこでリハーサル数十分、やっと終ってプレスセンターに帰って来たら、私の担当である例のインドの大学教授氏、何やら困《こう》じ果てた顔つきで私の前に坐りモゴモゴといった。

「ええと、そのう、出演料のことでございますが……このほどやっと決まりまして」

「はァ?」

と私は緊張した。そのときになって私は出演料のことについて何も話合いをせぬままにズルズルとここまで来てしまったことに気がついたのである(遠藤周作氏はこのことについて後で、「アンタはアホや、オレの倍もがつがつ働いて、オレより貧乏しとる」とハッキリいい給うた)。インドの教授氏は私の緊張した顔より気弱く目を逸らし、

「そのう、実は税コミ×万×千円ではいかがでしょうかというておりますが」

私は声も出ず、まじまじとインド教授を見つめた。私がここではっきり金額を書かぬのはテレビ局に対する思いやりのためではない。何をかくそう屈辱感のためである。その金額に私はほとんど侮辱を感じた。人をゴミムシケラと思うか、と叫びたかった。私は見たくもなく、しゃべりたくもない万博にムリヤリ連れ出され、ジを腫《は》らせ(ジの薬代だけでも二千円を突破している)、足を攣らせ、原稿の締切りが遅れ、睡眠不足になり、ヒステリイとなり、そうして×万×千円のハシタ金を貰う! 実に私はこの万博のために貴重なる四日間をつぶしているのだ(今月の借金返済の予定は狂った)。

「今更、イヤといってても仕方がないでしょう。え? イヤといったらどうなります?」

私はいった。今や私は怒りを通り越し、笑いたいような叫びたいような、ヤケクソ踊りを踊りたいような心境である。私はマンマとあの五人男にしてやられた。気の毒なのは目の前に悄然《しょうぜん》と目をしばたたいているインド教授氏である。彼は私のイケニエとしてここにさし出された哀れな子羊だ。子羊にしては色が黒いが、彼の心境は子羊以上におののいている様子である。

「すみません。もう何もかも苦しいことばかりで……」

と黒羊はいった。

「みんなガマンさせられているんです……とにかくみんなが……」

みんながガマンをさせられている——？

私は叫んだ。

「では我々にガマンをさせるその元兇《げんきょう》は誰です!?　え？　誰が何のためにガマンを強いているんです、その頭目《とうもく》の名をいって下さい」

「それがそのう、頭目といわれましても、そのようなものはおらんのでして……実際責任者は誰なのか、わからんのでして……」

私はそのとき、〝ほしがりません勝つまでは〟の戦時中の標語を思いだした。戦争に勝つためには、〝ほしがりません勝つまでは〟を合言葉に我慢を重ねた。耐え難きを耐え、忍びがたきを忍んだ。私たちが懸命に耐えたのは、我が祖国のためであり、天皇陛下のためである。しかし今、いったい私は誰のために我慢するのか。私ばかりでない。この万博開催のために集って来た幾万という人間は、いったい誰のために身を粉《こ》にして我慢しているのか。我々に我慢を強いているもの、それは何なのか？

顔も胴体もないのっぺらぼうの空白が私たちに我慢させている。空白が組織の網をあやつっている。誰もがそれに気づかずに右往左往し、その末端にいる私は無残な犠牲者だ。竹槍持って藁人形《わらにんぎょう》を突いた青春時代を経て、四十六歳にして同じようなことをしている。いや、実はもっと悪い。使命感も意義も持たずにやっている。のっぺらぼうの空白にそうさせられている。

ここに集っている人々は皆、何らかの不平不満で膨《ふく》れ上り、企画の下手なこと、スムーズに行かぬこと、変更ばかりあること等々でアタマに来、A課はB課のせいにし、B課はC課のせいにし、C課はD課、D課はA課のせいにするという有様。批評と愚痴は氾濫《はんらん》しているが、その代り失敗があったとしても腹カキ切らねばならぬ者は一人もいないように出来ている。すべてがヒトゴトで、そのくせ自分のことのように走り廻っている。走りまわってはいるが誰も責任をとる必要がない。

まことに万博こそは現代の縮図である。おそるべき人間性の喪失《そうしつ》がここにはある。人はみな真情を失い、思いやりと責任感を捨て、何のためにかくも右往左往しているのかわからぬままに右往左往し、参加の意味も考えずに参加している。ある登山家は、山がそこにあるから登るのだ、といった。しかしここに集った人々は万博があるから集ったのではない。好むと好まざるとにかかわらず集らされた人々だ。そして万博はつまらん、なっとらんと悪口いっている。

いったい誰がつまらなくしているのか。ではなぜつまるようにしないのか。個人の力はここではどこにもふるえない。目に見えぬものが巨大な力をふるって人間の一人一人を歯車にしている。その一つ一つの責任のなさが、万博をつまらぬものにした。なぜなら個々の歯車は主張を持ってはならぬからだ。ああ、考えてみれば私もその実体なき者のために踊らされている一人だ。これが歎《なげ》かずにいられようか。

吹雪の中を午後からお祭り広場でもう一度リハーサルがあるという。十人のレポーターが全員集って、東京のスタジオにいる黛敏郎《まゆずみとしろう》さんと話をするという想定のもとに行なわれる。

吹雪の中を私は仕方なくお祭り広場へ行った。と驚いたことにレポーター自身が来ているのは私一人、あとは皆、代理のアナウンサーが来ているのだ。兼高《かねたか》かおるさんの代役のアナ、兼高さんの声色で何やら万博を賛美し、

「……あたくしはそう思うんですけど、佐藤さん、いかがでしょう？　万博をごらんになって、一言叫びたいことは？」

という。吹雪の中、私は突如カッとしてマイクロホンに向って叫んだ。

「私は大バカヤロウと叫びたいですね」

居合せたるアナウンサー諸氏、びっくり仰天して私をみつめた。

「はあ、大バカヤロウとね、それはまたなぜですの？」

「何が人類の進歩と調和ですか。調和なんてどこにもない。これだけの人手と時間と金かけて、すべてがおざなり過ぎます」

「はあ、それだけですか？」

私はヤケクソでどなった。

「こんな安い出演料で、上等の感想がいえますか！」

「ハイ、すみません。有難うございました」

リハーサル終って車に乗った。折り重なるように立っている種々さまざまの各国パビリオンにははや粉雪が積ってへんにロマンチックな風情をかもし出している。

「こら積りまっせ、明日はえらいことですなあ」

運転手の言葉に私は答える気力もない。気のせいかまたジが痛み出した。

ホテルへ帰ると粉雪の中をA放送まで集れという命令である。明日の放送に出演するタレント数十人が一堂に会して最後の打ち合せをするのである。十時何分とやらに天皇陛下がお着きになるから、我々ガチャ蝿はそれまでに会場に入っていなければならぬということ。そのためホテル出発は七時。八時には万博会場へ着かねばならぬのだそうだ。私、だんだんアタマに来はじめた。早起きせねばならぬにつけ、朝飯はヌキになると思うにつけ、雪が積りはじめるにつけ頭にくるは×万×千円の出演料であることが我ながら情けなくも悲しい。実際、私は今、カネのために働いているのだ。私の父はよくいった。

「カネのために生きる奴は下種《げす》下郎だ！」

私は今、その下種下郎（いや、女だから下女郎《げめろう》か）となり果てている。私は亡き父に相すまぬと思う。するとまた私は山奥の狸の穴に引っこんで落ち葉かぶって眠り惚《ほう》けたくなるのだ。

そのとき、明日の予定を説明していた人がこういうのが耳に入った。

「そこで最後にお祭り広場へレポーターの人全員に集っていただくわけですが（知っとるよ、吹雪の中を私ひとりはちゃんと出たんですからネ、×万×千円の出演料で）そこで東京の黛さんから質問があります。質問は中山千夏さんと兼高さんと佐藤さんのお三方に（チェッ！　三人に〝お〟なんかつけなくていいから出演料をもっと出せ！）なさるそうですからそのおつもりでいらして下さい。そのあと、すぐに太鼓が鳴り響き、阿《あ》波《わ》踊《おど》りがはじまります。そこでね。そのう、阿波踊りの人たちが広場へ入って来ましたら、どうか皆さんご一緒に……」

踊れというのか、阿波のバカ踊りを！

ふと気がつくと向うの席から例のインド教授氏と私のつきそいであるアナウンサー氏が心配げに私の方を見ている。私は叫んだ。

「冗談じゃないですよ！　これ以上、阿波踊りなんか、踊れるかってのよ！」

こうなりゃもう破れカブレだ。私は叫んだ。

「佐藤愛子の名がすたる！　私はやりませんよ。先祖に対して申しわけない！　ゼッタイやらん。やらんといったらやらん……」

染色家の木村孝さんがとりなし顔に、

「では若い人たちに踊っていただいて私たち年より二人はニコニコして、ああ、若い人たちが楽しそうにやってるわ、という顔をしているところを撮っていただいたら！」

「冗談じゃない。私はニコニコもしませんよ！　私はこうしてやる！」

私はゲンコをふりかざした。

「第一、私は年よりじゃない！」

翌日は案に相違して雪はやみ、晴れ上った朝が来ていた。七時にホテルの前のバスに乗る。バスは万博会場の中まで入らぬというので、入口で降ろされ、そこからサザンクロスというレストランまで歩くのだ。もうホテルにはもどらず東京へ帰るのだから、皆、重い荷物を持っている。雪どけのアスファルトを、引揚者のように鞄を下げてゾロゾロと歩く。やっと辿りついてコーヒーとパンと目玉ヤキにありつく。それよりレポーターは袂《たもと》を分って私は烈風吹きつけるモノレールのプラットホームへ行った。そこで黛さんからの呼びかけに対してこの万博で何を見たいか、というようなことをしゃべるのである（ホントは見たいものなんか何もないヨ）。

とにかく寒い。日は照っているかと思うとすーっとかげる。昨年の雪が凍っていたのを溶かした水がプラットホームのそこここに溜っている。それが次第に草履にしみ込んで（何ぶんにも安モノゆえ）歩くとゴム長のようにボテボテと重ったるい音を立てる。着物の裾はハネだらけ。

盛装した招待客の姿が次第に増えて来た。モノレールに乗ろうと走って、すってんころりんと転んだ娘さんが二人いる。二人、手をつないで走っていたので一緒に転んだのだ。肥った方が起き上れない。やはり重いと打ちかたも強いらしい。お尻押えて唸《うな》っているが、誰も助けようとはしない。往来の人、ただ感心したように眺めている。紙のごとき人情で〝人類の進歩と調和〟のお祭りをたたえようというのか。

黛さんとの話を終ってサザンクロスへもどる。テレビが開会式の模様を伝えているが見る気もしない。大皿のランチが運ばれて来たが、食べる気もしない。ほかのものを食べようとしたら、テレビ関係者はこのランチにきまっていますという。

何から何まで気にくわないね。私も気が長くなったものだ。これも万博のおかげで鍛えていただいた。まわりのテーブルにむらがっているテレビ関係者の面々、放心したるごとく、気ヌケしたるごとく、呆然とランチを食べるそのさまは、ますます引揚者的な雰囲気を漂わせるのである。

ようやく天気は定まって雲は晴れた。雪どけの水は乾き、春光がパビリオンに反射して眩《まばゆ》い。最後の出演までの空き時間を私はアルバイト学生の運転する荷物運搬用の電気自動車に乗せてもらった。ビニールで囲いをした、モモ色の何とも可愛らしい電気自動車である。坂本九の弟分みたいなニキビのあと充満したる学生さん、運転しながらしきりに一人で呟いていている。

「チェッ、こんなん、恥かしいてかなわんわ……長生きするなあ……走った方がよっぽど速いわ……友達が見たら何ていうか……恥やな、こんなん……」

電気自動車はとりどりのパビリオンの間をチョロチョロと走った。

「ねえ、楽しいやないの、あたし、これ気に入ったわ。ここで一番気に入ったの、これやわ」

と私は大阪弁でいった。私の機嫌は少し直って来た。

「あんた、学生さん？」

「はあ、A大学です」

「いいアルバイト見つけたわね。愉快でしょう」

「愉快やないですよ。夏までこんなんに乗ってウロウロせんならんのかと思《おも》たら、ユーウツやな」

しかし私はいつまでもそれに乗っていたかった。それに乗って町々を通り野を越え橋を渡り、万博も出演料も借金も忘れてどこまでもガタガタと揺られて行きたかった。

馬はハンサム、馬券は単勝

今から三十年余りも前の話だが、私の父紅緑《こうろく》は大の競馬ファンであった。持馬も何頭か持っており、一時は五、六頭いたのではないかと思う。その頃、文学者の中で馬を持っているのは菊池寛と私の父くらいなものであったが、その両方とも持馬が走らぬので有名だった。私は小学生だったが、父に連れられて行った競馬場で大流行作家菊池寛先生が直木三十五や戸川貞雄氏にとり巻かれて、いかにももの悲しげな様子でゾロゾロ歩いているのを見かけたことがある。なるほど〝汚れた手で握ったオムスビ〟とはうまくいったものだと、感心して菊池寛先生の顔を眺めた。〝汚れた手で握ったオムスビ〟とは私の兄が菊池先生に捧げた渾名《あだな》なのである。

しかしその時、菊池寛先生が〝汚れオムスビ風〟であったのは、それが先生の地顔なのか、競馬で負けたためにそうなったのかは私にはわからなかった。何しろ菊池先生の顔は後にも先にもその時、一度見ただけなのであるから。

だが、私の経験によると、競馬へ行っている人の大半は、汚れムスビの感じに近い顔つきになっている。要するに身だしなみとか、キリリとした精神とか、颯爽たる容姿とかは、ふしぎと競馬場の中では失われてしまうのだ。どんな紳士も、淑女もダラーッとした顔で帰って行く。なぜか？

——つまり、競馬というものはことほど左様に人を消耗させるということだ。なぜ消耗するのか？　即ち財布の中身が消え失せるからである。聞くところによると、競馬で儲ける人というのは四十人に一人の割合でしかいないということだ。あとの三十九人は汚れムスビとなる。私は阪神競馬場の近くの小学校に通っていたが、夕暮どき、競馬が終るとゾロゾロと汚れムスビの大軍が道いっぱいに駅に向っていた光景を覚えている。しかしその中で私の父だけは決して汚れムスビにはならなかった。こっちの方は〝怒り馬〟の感じだった（父は顔が長い）。競馬の終りには必ず鼻の奥をクンクン鳴らして怒っている。

「怒ったってしようがないやありませんか」

母はよくいっていた。

「アホらしい……」

しかしそういいながら母も、父について競馬に行き、汚れ大ムスビとなって帰って来たのである。

ある日、文藝春秋のM青年来りて、

「佐藤さん、競馬に行きませんか。資金は編集部で調達しますから、大いに儲けて下さい」

という。平素の原稿料の安さを、このへんでごま化そうという魂胆、見えすいてはいるが、ついニンマリと乗ってしまうところが私の善良なところで、雀躍《こおどり》してさる日曜日、中山競馬場へと出かけた。この日は中山大障害という特別レースがあるという。

春とはいえど、底冷えのする風の冷たい日である。父のおかげで私は幼時より競馬に馴れ親しんではいるが、今のように連勝式などというややこしい賭け方はなくて、単勝、複勝の二種しかなかった時代の競馬しか知らない。しかも規則で、一人一枚の馬券しか買ってはいけないということになっていて、最高の払い戻し金額が二百円止りだった。馬券は一枚二十円の時代である。私は何ごとにも単純明快を好む人間であるから、連勝式などというフタマタかけるような精神は嫌いだ。一発勝負で花と散る——これが私の主義である。

何十年ぶりの競馬場である。昔は競馬場に入ると馬のウンコの匂いがなつかしく鼻を衝《つ》いたものだが、ふしぎと何の匂いもしない。パドック（馬の下見場）や馬券売場や、通路や芝生を埋めた群衆の上に、ふしぎな静寂が落ちている。二人連れの者も三人連れの者も、お互いに口を利かず、ただ黙って、あるいは佇《たたず》み、あるいは歩み、あるいは携帯ラジオのレシーバーを耳に入れ、あるいは予想新聞を見つめている。その黙々たるさまは、さながら大学の受験生の群を連想させるのである。

私の知っていた頃の競馬場には、もっと熱気がたちこめていたと思う。予想屋が予想紙片手にがなり立て、人々は忙しそうにガヤガヤと動きまわり、何やらしたり顔に耳打ちするもの、得意顔に講釈するもの、いろいろであった。ところが今の競馬場はイヤに静かだ。十万もの人間がいるとは思えぬほど静かだ。払いもどし窓口に金を受け取りにやってくる人ぐらいは、嬉しさに何やら叫んでいるかと思ったが（その昔、私の記憶している光景に、二百円の大アナを当て、〝やったッ！〟と叫んで階段を転がり落ちた男が、負けた男につき飛ばされ、トントンとつっ走って弁当食べている人の上へ踏み込み、どなられてさらに向うの方へふっとんでいった光景がある）、何の表情もなく、黙々と馬券をさし出し、黙々と金を受けとる。

「どうや！　これ！　見てくれェ」

とか、顔のヒモがひとりでにほどけて、相手もいないのにニタニタ笑いとか、三十年前には一人々々、冷静に見ていると、それぞれにその顔の中をドラマが動いていたものだ。それがどうだろう。一様に相似た疲れた無表情、人など見向きもせず、孤独の中に沈潜して、あたかも人事異動で昇格しなかったサラリーマンの帰途のごとく呆然としている。

察するに今の競馬ファンはギャンブルを楽しみに競馬へ行くのではなくて、〝出稼ぎ〟に競馬へ行くのであろう。競馬での勝ち金はギャンブルの興奮を昂《たか》めるための金ではなく、〝稼ぎ〟のための金なのにちがいない。だから勝ったからといって、バンザイと踊り上ったりはしない。出稼ぎに行って日当を貰ったからといって、バンザイと叫ぶやつはおらぬのと同じである。

「……某馬と某馬と競走のときには実に目覚ましかったと語るのはよいが、その次にその時の配当は若干であったと語るを聞けば興奮俄かに冷めて唖然《あぜん》とする。

某馬はこれこれの血統でこれこれの馬格でこれこれの時計だと話すを聞けば思わず膝が乗り出すが、すぐに、多分この馬は何千円もしくは何万円稼ぐだろうといわれると開いた口が塞がらなくなる。すべてかかる馬主は女郎屋の亭主が娼妓《しょうぎ》を抱えると同じ心持で馬を買うとみえる。

時にはいかにも上品ぶってオレは馬券を買わぬと鼻うごめかす者がある。その唇いまだ乾かざるに某馬は何千円で買って何千円に売ったから、差引何千円儲けたと他人の財を計算する。馬券を買うのが下品なら、馬の稼ぎ高を品隲《ひんしつ》するのは更に下品である。総じて今日の競馬に趣味を有するものは、馬そのものよりも金銭に趣味があるらしい。かかる人は床の間に馬の画を掲ぐるより、寧《むし》ろ金貨の画を掲ぐるがいい……」

これは昭和五年、私の父佐藤紅緑が書いた競馬雑感という文章の中の一節である。

「馬を走らせて見て喜ぶと、馬券を買って儲けると、趣味と利害！　この二つは競馬の群衆の目的である。この故に当局者は出来るだけ民衆の趣味を向上させるように訓練せねばならぬ。ところが実際に於て、競馬は日に日に民衆を堕落《だらく》させている。馬券の売出口の前では押し合いへし合い腕力と腕力。格闘！　叫喚《きょうかん》。一枚二十円の欲の炎が渦巻く修羅場に幾千の餓鬼が狂い廻っている。この混乱を防ぐべく、いずれのクラブにも設備をしていない。かくて民衆は汽車弁当よりまずい弁当に一円五十銭を横奪《おうだつ》されることによって、一脚の腰掛もなく朝から夕方まで立ち通している疲労のために、そうして次から次と惨敗する損耗《そんもう》のためにその心はいらいらと焦燥し、眼は血走って額から脂汗が出る。人間としての品位も礼儀も常識も全然なくなって娯楽は一転して苦悩そのものになる……」

かくて四十年経ち、その間、競馬会は設備万端整えて、ご丁寧にも場外馬券場というものまで出来、馬券は一人一枚に限らず、何枚でも買い放題という、いたれり尽せりのお膳立《ぜんだ》てが出来た。そうしてその結果（かどうかはよくわからぬが）、競馬民衆はおとなしく礼儀正しくなり、三種の神器《じんぎ》――携帯ラジオ、予想新聞、双眼鏡の三つをたずさえて、黙々と無表情に馬券を買う。競馬ファンは四十年前より進歩向上したのであろうか？　この静寂も品性の向上というべきであろうか？

いな、この静寂は競馬のスリルがそろばん勘定へと移行したための静寂ではないのか？


私はM青年と共にパドックへと行った。そこでレース直前の馬の下見をして、賭ける馬を決定するのだ。馬丁に曳《ひ》かれた馬が現れて馬場をグルグル廻る。三番、栗毛の大きな馬、首をしきりと内側に傾け、目をつり上げて歩いている。栗毛に光るみごとなお尻。次なる馬は灰色。これは至極ノンキそうにポッコラポッコラ歩いている。どうもお人よし（いや、お馬よし）の感じ。こういうのが人間だと、人に甘い汁を吸われて倒産するのだ。次に七番、白い鼻筋の鹿毛《かげ》。どうも鼻白はとりすましていて気に入らぬ。

「どうですか、どの馬がよさそうですか」

とM青年。

「三番がよろしいようね」

と私は答えた。

「お尻の形が気に入った。それになかなかハンサムです」

「しかし目をつり上げていますね、大丈夫かな」

「そこがいいんですよ。戦闘前に目が垂れているようなのはダメよ」

「はあ、そういうもんですか」

M青年は不服そうである。どうもツリ目がお嫌いらしい。私はトナリにいた赧《あか》ら顔のオッサンに訊いた。

「どうですか、このレースは？」

「うーん、むずかしいですなあ」

オッサンは手いっぱいに何種類もの予想新聞を持っている。

「二番の馬はこのレースに勝たなければ次から出場出来ませんから、騎手としても必死でやると思うんですがね。しかし本命は五番です。だが五番の今日の体重をみると、過去に勝ったときの体重から減っとるんですな。これがちょっと気がかりでして、……そう六番も悪くはないが、これは騎手がこの前、落馬しましてな。アナは一番で馬を見ると悪くないですな。ですが、一という数字は今日は朝から全然来とりません……」

そんならいったい、どれがいいというんだよウ。ヘッポコ批評家の文芸時評じゃあるまいし。要するに知識のあり過ぎる人間というのはこういうことになる。

間もなくレースがはじまった。

「や、やッ、やッ、やッ！」

M青年の頓狂《とんきょう》な声。

「佐藤さん、ツリ目が来ましたぞ」

私の眼力はみごとに当った。

「そうでしょう、あのおシリはただのおシリじゃなかったですよ」

こういうことになるのならツリ目の馬券を買っておけばよかったと、M青年口惜しがる。M青年は誰に聞いて来たのやら、「一わくとばし三点流し」とやらいう説に従って、連勝式を買ったらしい。

では次なるレースは、と双眼鏡で馬場を眺めていると、ふと目にとまりたるハンサム馬あり。どこがどういいとハッキリいうことはできないが、双眼鏡の中にパカパカと軽快に現れたるその姿は何ともいえぬ気品と充実が感じられる。

「Mさん、あの馬を買ってちょうだい。四番の馬。単勝で」

「四番ですか、ハーン。またおシリがいいんですか」

「ハンサムなのよ。とにかく」

「なるほど、佐藤さんはメンクイですな」

Mさんは例によって「二わくとばしの三点流し」を固執している。これをつづけてさえいれば、最後は絶対にソンをしないと友達がいったというのだ。

スタートが切られた。何やらひとかたまりでゴチャゴチャと走っている。我がハンサムは？　と見ればビリから二番目。やっぱりイロオトコ金と力はなかりけりであったかとぼんやり坐っていると、前の席の男性、いささか興奮の面持ちで連れにしゃべっている。

「だから、オレは一番だと思ったんだよ。だからいったろ？　どうも気が進まんって……やっぱりオレの勘は当ってたんだ。どうもねえ、今日はいかんねえ……人のいうこと聞くとどうもいかん……」

そのときM青年、突如叫んだ。

「や、や、や、や！　ハンサムが一ですぞ！」

「えっ、何ですって、ホント？」

見るとたしかにハンサムの番号が出ている。払い戻し金は単勝千円券で一万二千円余り貰った。

「こりゃおどろいた」

とMさんは呆れ顔。

「佐藤さんは、馬を見る目がなかなかあるんですねえ……」

さよう。男を見る目はないが、馬を見る目はある。これでも幼時より父のお供をして厩舎《きゅうしゃ》へ馬を見に行ったことが何度かある。父が新しい馬を買うことになって、それの下見に行ったときのことだ。私は小学校二年くらいの時のことだが、その馬が歩くときの後足の足つきがどうも感心しない。へんな風におシリをヒネって歩く。

「お父さん、あの馬はやめた方がエエわ」

と私は父の袖《そで》を引いて注意した。

「あの馬はあんまりカンプクせんよ」

父はアッハッハァと高笑いをし、カンプクせんはよかったねェとひとりで面白がって、その馬を買った。後で聞くと何でも当時としては最高に高い馬だったそうだ。

ところがいざ走らせてみるとその馬が、駄目なのであった。後足に病気が出たのだ。

「そうれ、ごらん。だからいわないこっちゃないのよ。だいたい、お父さん、あなたという人は……」

と今ならトウトウと始まるところだが、その頃は私も純真だった。

「なんでウチの馬はこないに走らへんのやろ」

と父を可哀そうに思ったものである。


ところで名馬シンザンで名を上げた名調教師武田文吾氏は、父が息子のように愛した騎手で、かつ父の俳句の弟子である。私も娘時代、父に俳句を習っていたので武ブンと私とは相弟子というわけだが、その頃彼は父から牧人《ぼくじん》という俳号をもらって喜んでいた。

その武田牧人の厩舎から、十レースの中山大障害にハードオンワードという馬が出走することになっている。双眼鏡でパドックのハードオンワードをうち眺めたところ、いささか華奢《きゃしゃ》な印象を受けたが、アイコ好みのハンサムである。その上なつかしき武田牧人の馬だ。

「ハードオンワードを買って下さい」

と私は一も二もなくMさんに頼んだ。一度ならず二度までも、私に馬を見る目のあることを知らされたM青年、今度は、

「大丈夫ですか」

などとはいわず、即座に「ハイッ」といいお返事。しかし、ご自分は相変らず「二わくとばしの三点流し」をまだやってる（この人はもしかしたらフラれればフラれるほどつきまとう男かもしれぬ）。

大障害のスタートは切られた。

ハードオンワードはビリから二番目あたりを走っている。さっきのハンサムもビリ近かったのがいつのまにやら一に来ていた。今度もそうにきまっている。私は楽観した。

悠揚《ゆうよう》迫らざる態度でレースを見ていた。

「それっ、行け」

「落ちるなよ！」

「そこだ、つっこめ」

まわりの観衆、口々に叫ぶ。おとなしい観衆もさすがレースの時だけは興奮を示すらしい。

「Mさん、ハードオンワードは？」

「いけませんな、ビリから二番目ですな」

………

「Mさん、ハードオンワードは？」

「いけませんな、ビリから二番目ですな」

………

「Mさん、ハードオンワードは？」

「いけませんな……」

ああもう聞き飽きた。

レースは終った。どの馬が一に来て、どの馬が二に来たのか、そんなことは知らぬ。

私は突如、胸に怒りが沸き起って来るのを感じた。

「牧人よ、何をしているか!」

とどなりたくなった。牧人が走ってるわけではないのだが、そう思う。これは明らかに父からの遺伝である。

「怒ったってしようがないやありませんか!……アホらしい」

母はいうだろう。しかし、アホらしいことがわかっていて怒りたくなるのが、馬に情熱かけている者の自然の情というものではないだろうか。

「あーあ、今度はダメでしたネ」

Mさんはいった。その顔がちょっと嬉しそうにほころびかけるのを、あわやというところでせき止めた感じがある。自分が「二一わくとばしの三点流し」ばっかりやって、すってるからといって、人の馬眼(?)にケチをつけたくなる心理はよろしくない(が、そのキモチ、わかることはわかる)。

レースはまだ残っているが、私たちは帰途についた。場内はほとんどいっぱいの人出。馬券売場もパドック付近もどこもかしこも、黙々たる大群衆が相変らずぐろぐろ黙々と動いている。表彰式のアナウンスがその黙りこくった群衆の上を流れているが、誰一人、それに耳を傾けている者はいない。顔見知りの某雑誌編集長、ダラリとネクタイ垂らし、おっこちたドブから這い上って来た人のように呆然と歩いている。

「あら、コンニチハ」

そういっても、ウツロな目が私の顔の上をさまようばかり。「やあ、や」と曖昧《あいまい》な微笑を浮べて通り過ぎて行ってしまった。

表彰式の音楽が、嚠喨《りゅうりょう》と栄光への何とか、という曲を奏でている。その曲の流れる四月の空の下、汚れムスビの大群衆は、丁度器の中のドロが重ったるく動くように、くろぐろと黙りこくって動いているのであった。

こんばんは、ノゾキます

「いよいよシーズンが来たようですな」

M青年から電話がかかって来て、開口一番彼はそういった。

「そろそろ出てくる頃じゃないですか」

電話の向うでニタリとした感じである。まるで家ダニか白蟻の話でもしているようだがそうではない。実はM青年、この連載ルポルタージュが始まった厳寒の頃より毎月のようにシーズン来《きた》れば、シーズン来ればと口走っていた。シーズン来れば日比谷公園、神宮外苑などにアベックが出てくる。そのアベックの熱烈なる生態を探訪しようというのだ。彼は三月の声を聞きし頃より、毎月のように、

「もうそろそろじゃないですかな」

とハヤりにハヤるのを、

「まンだ、まだ、まだ」

と押し止めていた私ではあるが、寒い春がつづき、雨がつづき、また寒さがぶり返した翌日の、俄かに夏が来たような快晴の日、ついに押え切れずにミコシを上げた。

聞くところによると、アベックのメッカ日比谷公園は盛りのシーズンは一夜に二千組のアベック押し寄せ、蝶々喃々《ちょうちょうなんなん》、その温気《うんき》は五万坪の公園にたちのぼり、ひとり者、あるいは女同士、男同士の友達づれなどは何か片輪者にでもなったような気がして顔が上げられぬという。ところがその温気の中をひとりぽっちでおめず臆せずウロウロチョロチョロさまよう者、これまた一夜に五、六十人はいると聞いた。

いったいそれは何者かというと、アベックの生態をつぶさに観察して淫靡《いんび》なる悦楽にふける者たちであるという。中には愉しみ変じて実利に走る者もいるとかで、丸の内署の窃盗《せっとう》犯罪の半数以上が日比谷公園のハンドバッグ置き引きであるという。即ちアベックが愛情の交歓に没入している間に、そろりそろりと近づいて行ってハンドバッグを失敬してくるのだ。男女交歓のさかりにはその位置は自然に移動するものだそうで、はじめはすぐ傍においたはずのハンドバッグがいつの間にやら彼方に行っている。そのハンドバッグに向って匍匐《ほふく》前進して失敬してくるということらしい。即ち丸の内署の窃盗犯罪数を減らすには、日比谷公園のアベックに男女交歓時における心構え、即ち治において乱を忘れぬ易経の教えなどを教えれば減るであろう（署長さん、その講習会を開かれてはいかが）。

ところで痴漢《ちかん》というものの定義であるが、警視庁防犯課において学んだところによると、痴漢とは婦女切り、婦女汚し（晴着魔）、強制わいせつ、少女わいせつの四つに大別されるという。強制わいせつとは〝無理に女性に接吻《せっぷん》したり、身体にさわったりするもの〟という註釈がついている。当節、公園や墓地を徘徊《はいかい》し、他人の愛の交歓見るのを楽しみとするもの——即ちこれをノゾキと称するが、このノゾキは〝変態〟の総称の中に入るもので、痴漢の部類には入らぬそうだ。従って公園の木陰でスカート、ズボン、それぞれに脱ぎ捨てて戯れている者をしげしげと覗いていたからといって犯罪にはならない（ただし、節穴から女湯のぞくとか、屋内でナニしておるさまを見物すると犯罪を構成する）。それよりも天下の往来でおシリ出している方こそ「公然わいせつ罪」として咎《とが》められることになる。

ここにおいてその種のノゾキは後を絶たず、夕暮になるとあたかも仕事熱心な夜勤の守衛さんのごとくまじめくさって出勤してくる者、シーズン開幕と共に日々増加の一途を辿《たど》っているという。中にはシーズンオフの厳冬、雪の日も風の日も一夜に一度はアベック求めて徘徊せずにはおられぬというノゾキ中毒者もいると聞いたが、ということは即ち雪の日も風の日も凍てつきたる大地に横たわり、裸のおシリに霏々《ひひ》と降りしきる雪を積らせて寒さを感じぬアベックがいるということを意味するのである。

丸の内警察の話では、学生デモに加えて日比谷公園をいかめしき機動隊十重二重と取り囲み、ものものしき緊張漲《みなぎ》っている時でも、公園内はいつもと変らずイチャイチャアベックが群れているという。世間には機動隊を憎む人多けれど、こういう話を聞くと、つい私は同情したくなる（私が機動隊なら学生デモはほっておいて、アベックのおシリに石投げるネ）。


五月十六日は土曜日である。土曜日の上に雨の後の快晴とあれば、きっと沢山出てくるでしょうなあ、と丸の内警察の署長さんは窓から空を見上げていわれた。何となく我が家の風呂場に巣くう白蟻のことでも語っているような気分だ。M青年の提案でその方面のベテラン刑事さんに案内を頼むことになった。しかし眼光鋭き刑事さんと一緒では、ノゾキの一行は警戒して逃げるかもしれない。従って刑事さんの方にも女性を配することによって、二組のアベックとなって行こうという。

「婦人警官でも頼むんですか?」

と私が聞けばM青年、わざとしかめつらしい顔で、

「いや、そんなことはお願い出来ますまい。当方で調達しましょう」

「調達ってどこで?」

「そうですね、知り合いのバーのホステスでも当ってみますかな」

まことM青年とは思慮遠謀の人である。つまり佐藤愛子敬遠策と同時に〝辛い仕事も工夫で楽しく〟という標語を実践しようという、一石二鳥の策謀と睨んだ。

「いいですよ、じゃあ、そうなさい」

という声は、傷ついた自尊心のために曇っておる。M青年、いそいそと電話をかけた

がどうやら断わられているらしい。手帳くりひろげて数回ダイヤルを廻し、首をひねっていた。

「皆、都合が悪いんだそうですよ」

ザマァみやがれ。胸中の快哉《かいさい》を咽喉《のど》もとで押え、

「困ったわね、どうしましょう」

仕方ないです、二人で行きましょう、というかと思いきや、

「道で女の子を拾いましょう」

「えっ」

「アルバイトしませんかって、頼むんですよ」

「へえ、そんなことでついてくる子いる?」

「いるでしょう、大丈夫ですよ」(この人、しつこいネ)

昔取った杵《きね》ヅカという顔をしている。そこで仕方なく車を有楽町みゆき座あたりへ廻す。

「ちょっと待ってて下さい」

M青年、一声叫んで車を走り出た。気に入った女の子を見つけたらしい。赤いカーディガンと青い服の二人づれの女の子のそばへ行って何やらしきりにいっている。右手で頭ナド掻いたりしている。ものの二分と経たぬうちに女の子はオーケーしたとみえてM青年は元気溌剌《はつらつ》、車に向って走って来た。

「さあ、行きましょう」

丸の内警察へもどって案内の刑事さん二人と一緒になる。ゾロゾロと交差点を渡って日比谷公園へ、何とも得体のしれぬ一行六人だ。ふと気がつくと、いつとはなしに私は初老の刑事さんとアベックになっておった。M青年は青服嬢、もう一人のメガネの刑事さんは赤いカーディガン嬢との組合せである。

「時間が早いのでまだサカリではないですな」

と刑事さんはいうが、いやどうしてなかなかの盛況である。そこの木陰、便所の壁、茂みの下、いたる所に男と女の影あり。ベンチというベンチも男と女、男と女、男と女。ベンチというものは少くとも四、五人が腰かけるために長く作ってあるのだろうが、それを二人で占領している。もったいないではないか。日比谷公園のベンチは一つを半分に切れば、それだけベンチ代が安くなるはずだ。管理者はなぜそういうことに気がつかぬか。こういうところに税金の無駄遣いがある、もっと頭を使ってもらわなくては困る、と私は憤慨する。

それにしても、よくもまあこう、同じような顔をして同じような年頃の男と女が集って来たものだ。聞くところによると美容整形の流行のために、銀座を歩くと同じ顔の女が半分以上歩いているという説があるそうだが、ここに並びしベンチの男女がそろって同じように見えるのは、顔の造作や服装のためではなく、それが恋に酔い痴《し》れた顔であるためなのかもしれない。一山五十円の縁日のホオズキみたいにずらりと並んで、大体において便秘がちの表情をしている。恋の顔とは決して楽しげな顔ではなく、腹が張ってる気分悪さに耐えている顔に似ている。

我々はゾロゾロと歩いた。これでもアベックの仲間入りをしているつもりだが、ベンチのホオズキの連中には怪しむように我らを見る者がいる。と、向うの道よりスタスタと歩いてくる一人の男あり。

「あれですよ、ノゾキ」

刑事さんが囁いた。

「向うにしゃがんでいるのがいるでしょう、あれもそうです」

ノゾキには散歩がてらのノゾキとプロのノゾキの二種ありという。プロのノゾキと趣味人のノゾキとはどう違うか。ノゾいて楽しむだけでなく、しばしばアベックの交歓に参加するのがプロである。例えば男と女が抱擁して無我の境をさまよいつつあるとき、男の背後に忍びより、その脇より両手を出して女のアチコチをさわるのである（即ち、これを人形使いスタイルと称する）。女は四本の手によって愛撫《あいぶ》されているわけだが、夢中になっているときは怖ろしいもので、それに気がつかんのですなあ、と刑事さんはいった（しかしホントは気がつかぬフリしてるだけかもしれぬ）。

たまに男が我が手が四本あることに気がついて愕然《がくぜん》とし、無我の境ではなくて本当に夢の中ではないかと我が身を抓《つね》ったりしてやっともう一人の参加者に気がつき、格闘となったこともあるというが、それに気づかぬ男も少くないというから、その情熱に感心するほかはないのである。

気をつけてあたりを窺《うかが》えば、プロのノゾキとおぼしき風態《ふうてい》の男がそこここにいる。プロともなれば大体ユニホームを持っている。足はゴム草履かズックの靴、服は作業服か(何しろ植え込みかいくぐり、地に這い木によじのぼらねばならぬので)、黒っぽい身軽な服装で中には黒い風呂敷をかぶった忍者スタイルもあるという。人間の顔は月光に光るものだそうである。

甲斐甲斐《かいがい》しくキリリと軽快な身ごしらえ、そうしてブラブラ歩きでなく、急ぎの用でも抱えた人のようにサッサと大股で歩いているのがプロの特徴である。ブラブラノロノロキョロリキョロリと歩いている私のようなのは、アマチュアで、プロともなればとてもそんな悠長なことはしていられないのであろう。練習場をアチコチするサーカスの監督みたいに、軽々と忙しそうだ。大体において小男が多いのは、大男は目立つという一点において、すでに適性に欠けているのかもしれない。

池のほとりにしゃがんで、じっと池の面を見ている黒い背中があった。

「あれもそうです」

と刑事さん。ああ、その後姿に漂う黒い孤独よ。彼は何を見、何の思いにふけっているのか。何も考えず、虚心にただその時の来るのを待つ特攻隊の心境か。

木陰でタバコの火が二つ三つ明滅する。地下足袋《じかたび》をはき黄色いヘルメットを隠し持った作業服の男三人。タバコ吸いつつ待機の姿勢と見うけた。地下鉄工事をサボって来た工夫《こうふ》であろう。サラリーマンは仕事をサボってコーヒー飲みに行くが、こちらさんは仕事サボってノゾキに来る。

暗い植え込みの中、石かと思えば凝然《ぎょうぜん》と動かぬ人の影。こちらは参禅型と見受けた。それぞれ思い思いに工夫をこらしたありよう。いっそ頭に敵前偽装の葉ッパつけて、灌木《かんぼく》のふりしてうずくまっているというのはどうだろう。

時間は九時を過ぎた。大噴水は動きをやめた。音楽堂前の数十のベンチはアベックでほぼ満員。そのベンチの背後をスタスタと歩み来り歩み去り、また歩み来るノゾキの男たち。時が経過するに従ってベンチのアベックはいずれも白熱化し、頭と頭、いや頬と頬を寄せあい、ものもいわず凝然と固まっている。そのベンチの間を、ノゾキの男らは遠慮もなく往き来し、ある者は接吻ただ中のアベックに近々と顔を寄せてうち眺め、またある者はつり掘の魚を眺めるごとくに、首さしのべてアベックを見渡している。だが、アベックの方はそんなものに気を散らされる様子もなく（ああ、これほどの集中力をお国のために役立てる途はないものか）ひしと抱き合い、じっと見つめ合い、あたかも絵草紙の幽霊のごとくに後ろから首を伸ばして覗いている男のいることなど、へとも思っておらぬ様子である。

やがて音楽堂前の数百のベンチのアベックたちは一組去り二組去りして、数えるほどしかいなくなった。ベンチから立ち去るアベックたちはどこへ行くのか。木のかげか灌木の下かいざやいざノゾキの男たちの跳梁《ちょうりょう》の時こそ来た。男たちコウモリのごろくに羽ばたきて（は、ちと大げさなれど）その足どりますます敏捷《びんしょう》に、ますますスタスタとそのへんを歩いてエモノを探す。

私は刑事さんと二人、金アミの塀にもたれて一大野外劇でも見るようにその光景を眺めていた。私のまわりの植え込みのかげには、抱き合った男女が文字通り林立している。

そこへどこからかM青年やや興奮気味の表情で、青服嬢と現れた。

「やあ、面白かったなあ、今ね、お手伝いさんを見て来ましたよ」

「お手伝いさん？」

「向うの木の陰でアベックが立って抱き合っていたんですよ。すると一人のノゾキがね、しゃがんだまま、音もなくスルスルと近づいて行ったと思ったら、女のスカートの下へそっと手を……」

「へえ、それで？」

「気がつかれて失敗しましたがね、いや、しゃがんでスルスルと進んで行ったあの技術はたいしたものです」

「日本舞踊の素養が必要なんですな」

と刑事さん。つまり日本舞踊の後見する人、あの要領と思えばいい。

「いや、面白かった。また見てこよう」

Mさん興奮して青服嬢と手に手をとってどこかへ行ってしまった（ホントに見るのやら、何するのやら）。私と刑事さん、東京見物に出て来た田吾作《たごさく》夫婦のごとく、再び抱擁とキスの林立の中にとり残されてキョロキョロする。コウモリの群、夜を我がもの顔にますます跳梁し、私の目の前にも、七、八人のコウモリがウロウロし、立ち接吻（とはへんな言葉だが）の男女のまわりを野犬のように廻ってハナをうごめかし、隙あらば手を出して〝お手伝いさん〟せんものと機会をねらっている。

「そろそろ時間もさかりに来たようですから、向うの植え込みのかげなど見に行きましょうか」

刑事さんに誘われてその場を立ち去ろうとしたとき、歩き出した私のそばへ一人のコウモリ音もなく近づいて来て耳許で囁《ささや》いた。

「まだまだ……、これから、これから……これからが面白い」

私、愕然《がくぜん》とする。コウモリめ、佐藤愛子を己《おの》が仲間と見なしたのだ。刑事さんと仲よく並んで気分出してる顔作っていたにもかかわらず、どれもこれも寄りついて来ぬのは、さては刑事さんの眼光に危険を感じていたためかと思っていたら、何のことはないノゾキ仲間と思われていたのだ。

そこへM青年、ニコニコ顔でやって来た。

「いや、ユカイ、ユカイ」

とひとりで喜んでいる。

「向うに二組のアベックがいましてね、その中間にノゾキが一人、しゃがんでいるんです。それがこっちのアベックを見、向うのアベックを見、またこっち、またあっち、……何のことはないテニスの審判です。アハハ……」

と笑っているが、考えてみると〝ノゾキのノゾキ〟という方だって、相当に滑稽《こっけい》なのである。


日比谷公園のノゾキがプロならば、谷中墓地のノゾキは地もとの趣味人によって形成されているといってよいだろう。あすこの旦那とか、こちらの息子とかが集って作った同好会のおもむきがあり、どこそこにいいのがいますよ、とか、この墓石とこの墓石の間から覗けば、どのあたりがどう見えるとか、お互いに情報交換し合って友好を深めているのも下町らしい話である。


さる商店の旦那さん、ふとしたはずみでノゾキ愛好家となった。毎日、日暮ともなればゴム草履はきてスタスタと墓地へ出かける。雨の日も風の日も冬も夏も一日も欠かさず時間が来れば出かけるので、近所では、

「また出かけるよ、好きだねェ」

と評判になっている。しかし旦那さんは評判などもう問題ではない。趣味は今や習性

となって墓地をひとまわりしないと眠れぬのである。商売は次第におろそかになり、共同経営者は愛想をつかして別れてしまったが、それでもならい性となりたるノゾキはおさまらず、私がこの原稿書いている風吹く今宵も、彼はゴム草履《ぞうり》のひそやかな音させて孤独な徘徊《はいかい》をつづけているのであろう。

ところで地もと同好会（？）のノゾキさんたちにいわせると、当節は遠く足立、埼玉あたりからの出張ノゾキが増えて、ノゾキの仁義を重んじぬやつどもがウロウロするようになったという。

ノゾキの仁義というのは、〝見る〟以外には何もしない、ということである。競馬はレースを楽しむものであって、馬券を買う奴は堕落であるというようなものでまことの競馬ファンが馬を愛するように、まことのノゾキさんはアベックを愛する。

あるとき、若きアベックの女の方がスカートを脱いでいた。スカートの下のものも脱いでいたかいぬか、そこはご想像に任せるとして、その脱ぎおいたスカートを隠してしまったノゾキがいた。勿論仁義を知らぬヨソ者である。やがてコト終りてスカートはこうとした女は、それがないことに気がついてびっくり仰天、血マナコであちこち探したがどうにもならぬ。仕方なく男は上着を脱いで女の腰にまわしたはいいが、そこからどうして帰ればいいのかわからない。

そこへ通りかかったのが地元同好会のノゾキの一人、毛をムシられて赤肌の兎に声をかけた大国主命《おおくにぬしのみこと》のように、

「もしもし、どうしたのですか」

と親切に声をかけ、事情を聞いていたく同情した。そうして早速タクシーを呼びに走り、男の上着を腰にまといたる女は無事に家へ帰ることが出来たという。いっそ取るならスカートの方ではなく、ズボンの方が面白かったのになどと思う私のような女は、その道の仁義知らぬ田舎者とそしられるのであろう。谷中墓地ならではの美談である。

「しかし、ここに集っているアベックの若者たちは、これで健全な人たちなんですよ」

帰りがけに刑事さんはいった。

「いや、ホントですよ、ホントに健全な若者たちですよ」

これが三十年前なら、一網打尽で留置場は入りきらぬことになったであろうと私がいうと、刑事さん、うたた感慨にたえぬごとく、

「まったく……時代ですなあ」

と一言。

そういう私たちの傍を、四、五人の作業服の男たち、元気よく、サッササッサと大股に公園の入口めざして歩いて行った。もう何年かしたら、刑事さん、

「あの男たちも健全な人たちなんですよ」

というようになり、ノゾキは趣味として成立し、そのうちにノゾキ新聞、今日の予想、などという予想紙が売り出されることになるかもしれない。

鼻高きが故に幸せならず

ある日、私が国電に乗っていると、勤め帰りらしい三人の若い女性が、吊皮《つりかわ》につかまってこんな会話を交していた。

一の女の子「何のかのいってもさ、結局、男って美人がいいのよ。ニセモノ美人でもいいのよ。男がそうである限り、よし子さんみたいな人は増えるわね」

二の女の子「よし子さんて、ホントにもてるのねえ。あたし、羨ましくなっちゃった。あたしも整形しようかしら……」

三の女の子「この頃はまた別の人が出来たらしいわね。この間の日曜日、見かけたわ」

一の女の子（やや憤然と）「また別のが？　へーえ」

二の女の子「とにかく美人はトクね」
三の女の子「よし子さんなんて、ケチだし、意地悪だしさ、それに計算だって合ったことがないんだから……いつも私が手伝ってんのよ」
一の女の子（さらに憤然と）「男なんて何もわかりやしないのよ。女の真価なんか……」
二の女の子「とにかく美人はトクよ」
三の女の子「目だけ整形したっていうけど、鼻もしたんじゃない？」
一の女の子（荒々しく）「美人かもしれないけどニセモノよ。マガイものよ。私だってあなただって、お金出せばあの程度にはなれるんだから、ただ、私はそんなことまでして美人にはなりたくないと思ってるだけよ！」
三の女の子「でもホントにもてるねえ」
二の女の子「美人はとにかくトクよ」
一の女の子（ギリギリ歯がみせんばかり）「美人は美人でもニセモノよ」
三の女の子「でもやっぱり美人よ」

二の女の子「とにかく、トクよ、たしかに」

私は感慨無量で電車を降りた。私には三人の女の子の、それぞれの気持がよくわかる。一の女の子の歯がみせんばかりの憤激《ふんげき》もわかるし、二の女の子の「とにかくトクよ」の羨望に堪えぬ気持もわかる。女と生れて美しくなりたいという願いを持たぬものはこれ片輪にて、女たるものは男から愛されたいと願い、美しくなりたい（なれなければせめてそう見られたい）と欲するべきものなのである。

何を隠そう、かく申す私は幼かりし頃より鼻の低いのをひそかに苦に病んでいた。私の母は私を見るたびに溜息をつき、

「この子は誰に似てこんなに鼻ペチャなんやろ……」

と歎いてばかりいたのだ。私の母は乳が出ないので私は乳母の乳によって育てられたが、そのばあやがお多福のお面そっくりの顔で、

「この子の鼻の低いのは、きっとばあやのお乳を飲んだせいやな」

と母は真面目な顔でひとり肯いた。長じるに及んで鼻は私の悩みの種となった。私の姉は私のその悩みを察知して、喧嘩するたびに隙を見ては親指のハラで力まかせに私の

鼻を押しつぶして逃げるのであった。そのたびに私は私の人生が暗くなるのを感じたといっても決して大げさではない。私は姉と戦う気力を失って大急ぎで鼻をつまみ、姉に押しつぶされた分だけ元へもどそうと真剣になって、マジナイを呟きつつひねくり廻したのである。そうしていくらひねっても高くならないことに気がついたとき、私はこう考えて自分を励ました。

――よし、鼻ペチャなんぞ気にならぬようなエライ人間になってみせるぞ……

考えてみれば四十六年の人生の中で、私はさまざまな苦難にぶつかり、それと戦って乗り越えて来たが、その最初の戦いは、我が鼻との戦いではなかったか。私は鼻ペチャを乗り越えるために発奮して勉強家になったのである。

それより二十数年経ちし今、私にとっては無念というか口惜しいというか、羨ましいというか、怪しからんというか、とにかく手放しでよかったとはいいかねる時代がやって来た。即ち整形美容なる技術が発達し、鼻ペチャなんぞはお安いご用、アグラ鼻のアグラを直し、カギ鼻を短く縮め、フシ鼻がお好みならばフシをつけ、仰向きがよければ仰向きに、という具合に簡単自在に形を変えることができるようになったのだ。勿論、鼻ばかりではない。眼、耳、唇、頬っぺたの形を変えることから、えくぼを作り、顎を作り、マツゲを植え、オッパイを大きくし、あるいは小さくし、ついには破れたる処女膜の修繕まで出来るという。前述の会話の中のよし子さんのように、金さえあれば男にもてる可能性まで買い取ることが出来るようになった。鼻ペチャを克服するためには勉強家になるよりも貯金をした方が解決が早いのだ。

私の友人に早まって恋人に処女を与えてしまったばかりに、その恋人に捨てられたあと、一生、独身で過した人がいる。処女でなくなったという意識が、彼女を自ら人並の幸福から退かせてしまったのだ。ところが今は破れた処女膜を修繕してもらえば、一生を棒に振ることもなく堂々と結婚出来る。中には掻爬《そうは》手術を三度もやった処女というのがいて、花恥かしき白無垢のうちかけにつの隠し姿も初々しく、三三九度の盃を取りかわしたという。自分がニセモノであるという意識に悩む感受性さえ切り捨ててしまえば、倖せは案外簡単に手に入るということなのである。

「人はすべて幸福になる権利があるのです。美しくないよりは美しい方がいい、欠陥があるよりはない方がいいにきまっています。今、それらの不幸を幸福に切りかえる道が開かれているのですから、大いに利用して幸福になるべきではありませんか」

とさる整形美容の権威者はいわれた。

「肉体の欠陥は精神に悪影響を与えます。健全なる肉体に健全な精神が宿るのです。肉体の欠陥を直して自信をつければ実力が発揮出来ます」

前述の三人女性の会話によれば、〝肉体の欠陥〟を直したよし子さんは、男にはもてるが、計算なども間違えてばかりいて果して実力をどの程度発揮しているのか甚《はなは》だ疑わしいが、あるいはこの人ははじめから発揮すべき実力を持ち合せていなかったのかもしれず、もしその実力の持ち合せのないような手合に限って整形美人になりたがるというような傾向が強いとしたら、まさに猫にコバンというか、あるいはキチガイに刃物というような事態にならねばよいが、といささか心配するのである。

J病院といえば今では世界にその名の鳴り響く美容整形の綜合大病院である。一日に何人の初診患者が来て、手術が何人あるか、税務署に知られると困る（とはいわなかったが）ので教えてもらえなかった。しかし、ひとわたり院内を見学したところによると、なるほど膨大な〝美の探求者〟がこの病院に出入りしていることが察せられた。まず初診の待合室には常時十人近い人間が坐っている。診療室は二つのパートに仕切られていて、デパートのお中元相談所のごとく、あっちでもこっちでも相談が行なわれている。

「鼻筋を通したいのよ。スッキリした鼻にしたいの」

そういっているのは十八、九歳の女の子。つき添いの友達がそばでニヤニヤしながら見物している。

「仕事はなに？」

とお医者さん。

「えーと、何だっけ……」

と友達の方を向く。友達が何やら小声で答える。

「あ、そう、それそれ……」

自分の職業名もいえないとはひどいねえ。それはいくら鼻スジ通しても実力は発揮出来ないヨ。うち見たところ、それほど低い鼻ではない。昔の私のよりよほど高い。

「あなたの鼻の形は悪くないんだからね、ここんところを少し高くすれば、すっとした感じが出るよ」

とお医者さん。何やら洋服のデザイナーと話しているようでもある。

「では×日、都合いい？　じゃ、その日にやろう」

あっさり手術の日が決まる。そこから彼女は次なるコーナーへ廻って鼻型の石膏《せっこう》を取ってもらうのである。そのコーナーへ行ってみると、いるわいるわ、若い女の子がウヨウヨ順番を待っている。外人の男もいる。彼はでかすぎる鼻を縮めるのだそうだ。

初診コーナーには店員だという二十歳くらいの青年が坐った。頭の中のハゲを何とかしてほしいという訴えである。ところがお医者さんがかき分けてみると長さ二センチ幅一ミリか二ミリくらいの白い筋が通っているだけである。

「こんなのは君、ハゲの中には入らないよ。植毛する必要はないです」

お医者さんがいくらそういっても不服そうな顔をして頑張っている。全くいい若者がたかが一ミリ幅のハゲにクヨクヨしていてどうなるのか。しかも今は髪を伸ばしているのだから出家でもせぬ限りは絶対、人目にふれることはないのである。欠陥直しても実力発揮出来ぬ組と見受けた。

　聞くところによるとJ病院で顔を整形した患者のほぼ二割が男性であるという。整形美容が擡頭《たいとう》したばかりの頃は十人に一人であったのが、今は約五人に一人が男である。二、三年前より〝J美人〟という言葉がはやって、銀座を歩けば同じような顔の美人が次々に通る。これはJ病院で手術した女たちである故にその美人ぶりが似ているのである、と、ウソのようなホントのような話題が流れたことがある。

　そのデンで行くと今に〝J美男〟というのが銀座に氾濫《はんらん》し、J美人とJ美男が結婚し、どんな可愛い赤ン坊が生れることかと、楽しんで待っていたら、両親に似ても似つかぬご面相の赤ン坊が生れ、両親困ってJ病院へかけつけた揚句《あげく》に、やがて〝J赤ン坊〟というのがあちこちに現れるということになるのではないだろうか。そうしてその子は、自分の本当の顔を知らずに一生を過すことになる。

　そうして自分の本当の顔を知らぬ者同士が結婚して、生れた我が子を見たとき、夫は妻の貞節を疑い、妻は産院が赤ン坊を間違えたのではないかと怒る騒ぎ。そこで今から何年か後の結婚は、健康診断書の外に、整形美容手術照明とか、先祖の顔の原型図などというものが必要となって来るかもしれない。ただでさえ忙しい世の中、考えただけでも疲れます。

「美貌《びぼう》の創造という女性の夢が実現出来るようになると、その夢はもう一歩前進し、性の機能の不満、欠陥を埋め、より完全な女性として人生を享受《きょうじゅ》したいと希望するようになります……」

という意見のもとに、〝美容と性の整形〟で有名なM博士の診療室を訪ねた。M博士は処女膜の修復を日本で最初に始め一万人の処女を再生させたという噂の人として有名である。M博士が処女膜修復を手がけるようになった動機は、戦争中に集団疎開をしていた小学生の女の子が、駐屯《ちゅうとん》していた兵隊の入った風呂の後に入って淋疾《りんしつ》にかかった。その洗滌《せんじょう》のために処女膜が破れ、処女であるにもかかわらず処女でないかのような状態になってしまったことを助けるために、考え出されたことだという。淋病の兵隊が、実に一万人の非処女を救ったという結果になったのである。

M博士のところには今月は六人の女性が処女膜修繕にやって来たそうだ。一片の膜で幸福になれると思い込んで来る女の哀れさを思い、その女を信じている男のことを思うと、どうしても断われぬ、とM博士はいわれた。処女膜を破ったことを苦にしてやってくる女性は、婚前交渉をしている者十万人に一人の割であるという。するとあとの九万九千九百九十九人の女性は処女でなくなったことをへとも思っておらぬというわけで、M先生を訪れる女性は九万九千九百九十九人の女に比して真面目な女性であるともいえぬことはないのです、とM先生。それほど真面目ならば、なぜ破った、と迫りたくなるのが私の悪い癖とは思うが、カルテを見ると、その真面目な女性が、二十二歳や三歳で掻爬三回とか二回とかいうのが半数以上あることがフに落ちぬのである。

私はかつて、さる男子用かつらについて書いたとき、

「頭のハゲがなぜいかん、禿げたものは禿げたものとして堂々と光らせよ。かつらで隠そうというその現実糊塗《こと》の精神こそ、男性自身を滅ぼすものである」

と威張った口を利いて、投書が山積したことがある。お前は人の苦しみを察せぬ荒々しき女である、という怒りの手紙である。そのとき私はさらにいき巻いて、

「ハゲを隠そうとする魂胆だけでも恥じるべきであるのに、その上にたかがハゲぐらいに人の思いやりを求めるとは何ごとぞ」

と反駁《はんばく》して、ますます恨みを買った。しかし、恨まれようが憎まれようが、私は人生をそのように生きる主義なのである。私は子供心に鼻ペチャにうち勝つために勉強した。私は鼻ペチャもハゲも処女膜の破れも同様に考える。一片の処女膜で人生が不幸になるとしたら、それは処女膜のせいではなくて、その人の人生観のせいである。人生に対する勇気のなさのせいではないのか。ポケットのホコロビを繕うように処女膜を修繕して、それで得た幸福なんてタカの知れた幸福だ。投書山積を覚悟の上であえて書く。

ところでM先生の診療室で私は一人の中年夫人に会った。彼女はその日〝広膣狭窄《こうちつきょうさく》術〟なる手術を受けた人である。中年といってもまだ三十代の夫人だが、三人の子供を出産して以来、夫が不満を口にしはじめ、ついに二人の女を囲うようになった上に、聞くに堪えない言葉で夫人の性器を罵倒《ばとう》したのだという（私はこういう男の話を聞くと、まったく、ひとごとながら胸が煮えたぎる）。夫なる人は女のところへ行ったままで、もう二年も性交渉はないが、商売をやっている関係で家へ来ることは来る。それで夫人は「努力してやれるだけのことはやってみようと思いまして」広膣狭窄術を受けに来たのだといった。

ああ、このせつせつたる女心！　何とかして浮気亭主を引き止めんとして、心を砕くこのあわれさ。いくら私でも、

「ガボガボはガボガボとして堂々とガボつかせよ！」

という気はない。思わずしみじみと、

「うまく行くように祈っていますよ。頑張って下さい」

という。考えてみれば、何を頑張るのやら、へんな挨拶をしたものだ。

女性性器の整形は先月（五月）一カ月で十九人が手術を求めて来たという。また中年婦人の乳房のしなびたのを大きくする手術も少くないという。あれもこれもみな、夫のためだ。夫が何のかのと女房の肉体にケチをつけて浮気をするためなのである。妻のオッパイがしなびていてもいなくても、男というものは浮気をするときはする。それなのに卑劣にも妻にナンクセをつけて自分の浮気を正当化しようとするのだ（ガボガボだって半分は男のせいなんだ。責任取ってそっちで太くしろ）。しかし、そういう男の卑劣勝手にもマナコ閉じて、女心というものはひたすら夫を満足させるべく努力しているのである。女性上位時代などというけれど、やはりこの方面では女は男の機嫌をとっ

ているのが実情なのである（と思うが、まさか、別途の使用目的があるわけではあるまいね）。

美しくなりたい、愛されたい、幸福になりたい……少しでも完全に近づきたい……そういう願いに駆られてあらゆる年齢の、さまざまな男女が美容整形医の門をくぐる。まったくこの頃では、人間の肉体はどんな風にでも変えられるのだ。素人目にはロングスカートをミニスカートに変えるほどの簡単さで（というように見えるが、つまりお医者さんの技術が驚異的に進歩したということなのだ）あらゆる箇所が変えられる。

女になりたい一心の男が、男の象徴を取り去って、オッパイをふくらませ、女のカタチとなって幸福を感じている、という例もあれば、より男性的に見られるために、特大ペニスの注文も来るという。そういうのは一応、「何とか溶液」を注入して大きくするそうだが、本来、ペニスの価値は外見にあるのではなく、その機能にあるのだ。従って溶液注入したためにあたかも小兵《こひょう》がリュックサック背負ってウドン粉の買い出しに行ったときのごとく、重くてなかなか立ち上れないということになり、男としての働きをなすときには苦労するのだが、しかし、それでもかまわぬから大きくしてくれという注文があるという。この頃の男はこうまで外見主義になってしまったのか。外見主義はわかるとしても、それをいったいどこで見せるのか。実力なくとも銭湯で自慢顔するのが唯一の楽しみとは、まったく男も情けなくなって来たものである。

かくて、人々は目鼻立ちを整え、シワを取り、オッパイを膨らませ、一歩でも〝幸福〟に近づこうとする。だが待って下さいよ。それと同時に人間は一方において日に日に老化に向って歩みを進めつつあるのだ。例えば皺《しわ》を取る。皺を取って若返る。だがその時から再び人体は老化へ向って進む。三年か五年でまた皺を取り若返るが、老化への歩みは鈍らない。皺とりと老化の追いかけっこが始まり、抜きつ抜かれつして、ついにある日、それを断念する日が来る！

それはいったい、いつ、どんな風にしてやって来るのか。老化して五官が鈍ることによって人は自然に死に入って行けるように、これまでの人間は「もう年だ」と思うことによって自然に老境に入ることが出来た。しかし美容整形の発達によって人は今までの倍も若さを保持することが出来たと同時に、〝自然に衰える気楽さ〟を知らず、抜きつ抜かれつの競走のただ中で迷いあえぎ、ある日ガックリ力尽きてレースを投げる、ということになるのではないだろうか。考えただけでもしんどい話である。

「そうしてだんだん身体は衰えてもう手のほどこしようのないおばあさんになったときに、どうしますか。人工的に膨らましたオッパイばかり生々しく張り切っていては、かえってもの悲しくキモチ悪くないですか」

そういう私の質問に、その道の権威者は明快に答えられた。

「そのときは、抜き取ります」

「えっ」

「入れたものは出せるんです。もうこのへんで役ズミということになったら、皆さん、取り出しに来ます」

なるほど。舞台に幕が下りたら、カツラを脱ぐ役者のようなものなんですな。それにしてもそろそろ取り出そうか、と思い決めるときは、秋風蕭々《しょうしょう》と吹く夜半、歪める雨戸のカタコトと鳴るにも似た心地であろう。

年々歳々花相似たり《ねんねんさいさいはなあいに》

歳々年々人同《さいさいねんねんひとおな》じからず
言《げん》を寄《よ》す全盛《ぜんせい》の紅顔子《こうがんし》
まさに憐《あわれ》むべし半死《はんし》の白頭翁《はくとうおう》……

幸福を購《あがな》える美容整形の門を辞しながら、私の唇にはふとかくのごとき詩が上ったのであったが、そのとき、初夏の午後の美男美女行き交う銀座の華やかなる雑踏、一瞬音を失い、天地静寂の中に大空かき曇りて、私はこの現代という世の中に、チョンマゲ結《ゆ》って投げ出されたる浪人のごとく孤独と隔絶感《かくぜつ》に襲われて呆然と佇んだのであった。

いや、この時代、もう私なんぞ、出る幕ではないです。

〝おとなの玩具〟で平和を！

〝おとな〟という言葉がある。

私の子供の頃は〝おとな〟という存在は権力の象徴として子供らの上に君臨し、「おとなのいうことをよく聞きなさい」とか、「子供のくせにおとなに刃向うか」などと何かにつけて圧迫された。〝おとな〟とは岸壁のように子供の前に立ちはだかり、絶対の権威をもって命令し、叱責《しっせき》するものであったのだ。

「ああ、早くおとなになりたい！」

子供の私は切実にそう思ったものだ。

「今に見ていろ！　おとなになったその時は、大いに子供をとっちめてやるぞ！」

まさに二等兵の心理である。

するとその〝おとな〟の一人であるところの我が家の書生は、

「愛子さん、おとなというものは辛いものなんですぞ。子供に命令したり叱ったりするには、それだけの努力を積み重ね、その資格を身につけにゃならんのです」

ともっともらしくメガネを光らせていったのである。以来、私はおとなは偉いんだ、と思いこんだ。おとなはやりきれない存在ではあるが、威張るだけの努力をし、子供を虐める資格を身につけているのだ。そうして私はおとなを畏敬《いけい》したのである。

それより数十年の歳月が経ち、私はやっと〝おとな〟になった。子供に向って威張るだけの経験も積み、少しは勉強もしたつもりである。ところが、何たることか！　ハッと気がつけば〝おとな〟のイメージ、著《いちじる》しくダウンしているではないか。いくら威張っても相手はへとも感じぬ。いつの間にこういうことになったのであろうか。あれもこれも、みな戦争に負けたせいなのか。まわりを見廻すと、おとなども、しきりと子供の機嫌をとっている。やれ、そんなことをすると子供が欲求不満を起してどうなるからいかん、とか、こうすると劣等感によって性格が歪むからいかん、とか。そうして子供がのさばって、おとなを批判している。

「パパみたいな人間にゃなりたくねえな」

とか、

「おとながしっかりしないから、子供は困っちまうんだよ、まったく。しっかりしてくれよ!」

とか。そうして当のおとなはどうしているかというと、ニヤニヤと、頭ナドかいて、いや、この節の子供にゃマケるよ、とごま化し笑い。

「やつはおとなだよ」とか、「おとなの会話」とか、「おとなのつき合い」だとかいう言葉が生れ、何となく公明正大ならざるニュアンスを漂わせる場合に、「おとな」という言葉をくっつけることが流行して来たかのようである。

そうしてついにここに、〝おとなのオモチャ〟というものが登場した。〝おとなのオモチャ〟とはいかなるオモチャか。かつての私のイメージから行くと、偉くも賢いおとなは、オモチャなど持って喜んでいるものではなかったのだが、今や、おとなのオモチャ屋さんは、全国に千五百軒、その草分け的存在である銀座並木通りの某店は、一日に三千人の客が押しかけるという噂である。聞くところによると、某問屋はオモチャの種類だけでも四百種類あつかっているという。おとなのオモチャ屋さんは儲かってたまらんのだそうである。

私の探究心は動いた。断わっておくがそのオモチャを探求したいという心ではない。現代〝おとな〟を探求したいというしごくまじめな意図である。

その昔、江戸は両国に四つ目屋忠兵衛という者あり。四つ目結《ゆい》を紋とし、黒い提灯《ちょうちん》を出し、淫薬《いんやく》、淫具専門の薬屋を営んでいた。四つ目屋では肥後《ひご》ずいき、張形《はりかた》、鎧形《よろい》、甲《かぶと》型、りんの玉、りんの輪、長命丸、女悦丸などを商《あきな》いたり、ものの本に出ているが、一日に三千人の客が押しかけたとは書いていない。黒い提灯などを目印として、ひっそりと売っていたのではないだろうか。

ところが現代四つ目屋、銀座並木通りのA店は、黒い提灯をひそやかに出すどころか、あたかも百花繚乱《りょうらん》、歩道に面したショウウィンドウには、一見して数えきれぬほどの細々とした淫具、いや、〝おとなのオモチャ〟が並んでいる。そのさまは文房具店かアクセサリー店を思わせる明るい賑やかさで、その賑やかさについ足を止めて眺め入る人も少くないのである。一歩店の中に入ると、三坪ばかりの小さな店内いっぱいに、所狭しと〝オモチャ〟が並んでいる。「鈴かけこけし」というのがある。スポンジの地蔵さまのこけしの両肩に鈴が一つずつついている。こけしの中にはバイブレーターが入っていて、ひねると地蔵さまはブルブルと慄《ふる》え出す。と同時に二つの鈴がいとも愛らしき音色をリンリンと立てるのである。眺めている分には愛らしくて結構だが、これを使用するとしたら、いささか困ることがあるのではないですか、と私は質問した。

「アパートなどでは、あまり始終、鈴をリンリン鳴らしているわけにも行かないんじゃないですか」

店主のA氏、さも軽蔑したるごとく、

「そのときは鈴を取るんですよ！」

なるほど、そうであったかと合点する。しかし、地蔵さまのこけしの手描きのお顔、あくまで円《まど》かに、あくまで愛らしいのである。これを下手に使用して、絵の具が流れて、泣き地蔵になったりはしないだろうか。

そう訊ねたら、

「コンドームをかぶせるんですよ」

何も知らん人やな、この人は、という顔をされた。

ところで私にはこんな経験がある。忘れもしない三年前の冬のことだ。我が家は破産して夫は家へもどらず、私は債権者の襲撃の中で戦々兢々《きょうきょう》として原稿を書いていたある夜一人の男から電話がかかって来た。ご主人に頼まれていたものをお届けします、それは何かというと、「12ＰＭ型パドックス」であるという。「12ＰＭ型パラドックス」とは何かと重ねて聞くと、相手の男はおもむろにいった。

男「よろしいですか、奥さん、ここにひーろい平野があります。その一部にモジャモジャとした草むらがあって、そこに火の見櫓《やぐら》が立っている。と、ま、こういう情景から、連想されるものがあるでしょう」

私「何ですか、何も連想しませんよ」

男「困ったなあ、たいてい人妻ならば、そこでハッと思い当るもんですがなあ」

私「何ですかハッキリいって下さいよ、ハッキリ。私はあなたと連想ゴッコなんかしてる暇ないんですから」

すると男は改まった口調でやおら説明を始めたのである。「12PM型パドックス」とは「殿方用ヤグラ」と「人妻用ハリカタ」の組合わせのアメリカ産性具である。つまり殿方用は前記の火の見櫓の形をしており、人妻用というのは、

「これが色々と種類がございまして、奥さんに選んでいただかねばなりませんのです」

と男はいった。彼がいうには、私の夫は三ヵ月ほど前に前金を払ってそれを頼んだというのである。

それは最新型で電動式になっている。よろしいですか、奥さん、使用法を間違えると困りますから、何か紙に書いて下さい、と男はいう。自分はこれから九州へ行くので、明日、女事務員に品物を届けさせる。女事務員は中身を知らずに持って行くのであるから、使用法を今、自分が説明しておくというのである。私は何が何やらハッキリわからぬままにペンを取った。

「えー、いいですか、書いて下さいよ。まず一、殿方用ヤグラ。その下に数字で1と書いて下さい。1、愛撫、2、挿着、3、レバースイッチ、このレバースイッチは012345となっています。0は切。1は熱感、2、コシ、3、つき出し、4、無我、5、

行く、とこういうわけです」
　私は書いているうちに突然、怒りにかられて叫んだ。そのときになってやっと私は、12PM型パドックスが何であるかをハッキリ知ったのである（鈍いというなかれ。こう見えても私は上品な育ちなのだ）。そこで私は怒った。
「私のうちは破産して、そんなもの使って喜んでる場合じゃないんですよっ！」
　しかし相手の男は我が夫がそれを依頼したといい張って聞かぬ。そうして彼は12PM型パドックスには四十八の種類があるといい、前金を貰った以上、品物を届けねばならぬから、その種類の中から二種類選んでくれなければ困るといい張るのであった。
　その種類というのは次の如くである。
　A型　ヨーロッパ型、別名亀頭《きとうがた》型
　B型　南ヨーロッパ型、別名毛虫型
　C型　イギリス紳士型、別名馬型
　D型　東洋型（これは奥さんもすでによくご承知で、と男はいった）
　E型　黒人型、別名イボツキ型（男曰く、黒いイボ蛙を思って下さい）

F型　インド人型、別名モクネジ型、またの名、おしぼり型

G型　インデアン型、別名竿竹型《さおだけかた》、スマートにして、一センチおきに節あり

男はその中から好みの型を選べというのだ。

「ところで奥さんは失礼ですが、何年生れですか？」

「大正十二年十一月五日」

憤《いきどお》りながらついそう答えるのは、私のいいところである（と、つくづく思う）。

「失礼ですが、子供さんは何人で？」

「一人ですよ」

「一度お産されただけですか？」

「前の結婚で二人ね」

と、いわでものことをついいうのが情けない性質。

「なるほど、ちょっと待って下さいよ」

男は何やら調べている様子、やがてお待たせしましたといい、

「ハリ型のサイズですがね、大正十二年生れで出産三度ね。これなら六十五号くらいが

よろしいかと思いますが」

「へえ、サイズは何号まであるの」

「一号から百号までございます」

　一号から百号までの六十五号か！　喜んでいいのか悲しんでいいのか。それにしても百号というのを見てみたい、とすぐそんなことを考えるのが常に私のつまずきのもととなるのである。

　私はハッと気をとり直し、

「何です、失礼な」

とどなった。

「冗談もほどほどにして下さいよ。私の家は破産して、今、私たちは離婚したばかりなんですからそんなものを主人が頼むわけがありませんよ！」

するとと男はハタと手を打たんばかりの声でいった。

「わかりました！　離婚ね！　だからこそご主人は注文されたんですよ。これはリモコンつきですからね！」

この話はこれからまだまだ面白くなるのだが、紙数がないのでこのへんで止める（ついでながら、その後聞いたところによると、私の夫はそのようなものは注文していなかった)。

爾来《じらい》、私は12ＰＭ型パドックスなるものを一度、見たいものだと思いつめて（はチト大げさだが）来た。そういうものが実在するのかせぬのか、それを確かめたいという気持である。私はおとなのオモチャ屋さんにそういうものがあるかと早速聞いたが、オモチャ屋の主人公、呆れ顔で、

「そりゃ、いたずら電話ですよ」

と一蹴、

「佐藤さんも人がいいねえ。そんな電話で筆記までしていたんですか」

とついには呆れるのを通り越して感心された。三年越しの私の夢（？）は破れたのである。しかしこれがウソだとしたら、あの電話の主は相当の才能の持主である。おとなのオモチャ屋さんは彼を探し出して、アイデアマンとして高給で抱えるがいい。たしか目黒のヤマワキといったよ。

12PM型パドックスはなかったが、この小さな店には、目下のところ約百五十種のおとなのオモチャが並んでいる。何しろ百五十種もあるのだから、いろいろ説明を聞いている暇はないし、またオモチャ屋さんとしては、その使用方法をお客に説明したりしてはいけないことになっているのである。つまりオモチャはあくまでオモチャであって、それが急に実用品となったりしては、オモチャ道に外れるのである。

オモチャ道に外れるものとしては、ブルーフィルム、春画などがある。これはハッキリわいせつ罪にひっかかる。警視庁のいう「わいせつ」の意義とは、「性欲を刺戟興奮し、又これを満足せしむべき文書図画その他一切の物品を指称し、従ってわいせつ物たるは、人をして羞恥嫌悪《しゅうちけんお》の感念を生ぜしむるものたることを要する」ということである。

これによって、春画やブルーフィルムと、おとなのオモチャの区別が生じて来る。鈴かけこけしは、「性欲を刺戟《しげき》興奮させる」ために使用されるものにはあらずして、あくまで可愛い地蔵こけしである。こけし地蔵を見て羞恥嫌悪の感念を生じた者がいたらそれは常人とはいいかねるのである。

ここにおいておとなのオモチャ屋は繁昌《はんじょう》している。それは店頭にある限り「わいせつ」とはいえぬのである。ハリ型の男根の形をこけしにすることを考えついた人は、まことに才能ゆたかな人だ。「十一番目の指」というのがある。人さし指を型どったもので、指紋や爪までついている。太さは指の太さではない。即ち十一番目の指たる所以《ゆえん》である。「十一番目の指という呼名もなかなかしゃれているではないか。

「真珠の涙」というのがある。真珠をゴム輪でつないだ輪のことだ。「失神人形」というのもある。スイッチを入れると人形の上半身が右廻し、左廻しグルグルと回転する。蟬《せみ》の羽のように薄く透き通った色とりどりのパンティがある。それを小さく折りたたんでカンヅメにしてあるのがある。またタバコの箱に詰めたものもある。〝おとな向きビックリ箱〟というわけか。パンティの中には中央部にマドの開いているものがあり、しかしながらこのマド、オシッコする時に便利なように出来ているわけではないそうだ。

おとなのオモチャとして最たるものに、ダッコ人形がある。浮き袋のように折りたたんであって、口で空気を入れてふくらませると、等身大に近い人形となる。この人形に前記のパンティやブラジャーやネグリジェを着せたり脱がせたりして楽しむ人も少くないそうだ。子供の人形あそびは昔から女の子ときまっているが、おとなの人形あそびは男性である。アメリカではこの人形の形をジャックリーヌの似顔にしたところ、ものすごい売れ行きを示したという。

おとなは今や、子供と肩を並べてお人形いじりをする時代となったのだ。子供がオモチャ屋の店頭で、あれを買おうかこれを買おうかと迷うように、この店のお客もいろいろと迷っている人が多い。

グレイのストローハットに黒い鞄を提げた一人の中年男性、バイブレーターつきのこけしを取り上げ、

「これいくら？」

千五百円と聞いて、

「えっ、千五百！　高いねェ……」

としばし頭をヒネって胸勘定。あれも買いたいし、これも欲しい。だが手に握りたる金は僅か××円。——こういう経験は私にもある。子供の頃、お祭りへ行ったときがそうだった。私の父は縁日などでそんな風に迷っている子供たちの姿を見ては、よくいったものだった。

「可愛いなあ……買いたいものを全部、買ってやりたいねえ……」

しかしいうだけで父は、一向にお金を出そうとはしなかったのである。

ストローハットのオッサンはまだ迷っている。あれを手にし、これを手にする。ついにオッサンは決心した。

「これと、これを……」

見ると〝紳士必携二点セット〟というのをお買い上げになった。バイブレーターとハケの組合せである。ハケは何の変哲もない紅バケである。バイブレーターは美容院で皺のばしに使っていたこれまた、変哲のないバイブレーターだ。これが美容院にあれば皺のばし機であり、紅バケである。だが、ひとたびこの店の門をくぐるや、おとなのオモチャに変貌する。雀、海中に入って蛤《はまぐり》となるというが、この店に入ると何でもかでもおとなのオモチャと感じる。

天井からスリコギがつるしてある。荒物屋にあるスリコギであり、台所にあるアレだ。それがここへ来るとオモチャとなる。

羽バタキがある。これまた家庭にあれば掃除具の一つとして廊下の隅などにぶら下っているものである。だがここへ来ておとなのオモチャと変じ、購われて家庭に行き、今度は廊下の隅にはあらず押入れの中などに大事にしまわれることになるのだ。そのうち子供がハタキふり廻して遊んだりしていると、お母さんつい錯覚して、

「まあ、あの子ったら、いやな子ねえ、あんなもの持ち出して……」

などと眉をひそめたりするかもしれない。変貌するのは台所用品ばかりでない。例えば果物屋からバナナを買って来て店へ置いておく。お客、それを見て思わずニンマリ、

「おい、あれをくれ」

こんなバナナ、果物屋へ行けば、いくらでも安く売っていますよ、といくらいっても、いやどうしてもこのバナナがほしいという。この店にあるこれでなくちゃいやなのだ、いやだ、これだ、とダダをこねて、何倍もの値段で買って行く。この店にあるものならば何でもイミあり、何でも面白いものだと思いこんだあまり、誰かが置き忘れたタバコを売ってくれといった客がいたという。

そのタバコ、いそいそ買って帰って、一服吸うや俄かに、イチモツ怒張してゴリラのごとくに立ち上った……かくて、「沈滞したる現代人を奮起させるためのおとなのオモ

チャ屋の利用法」について学者が研究を始めた、というような事態が今に起らぬとも限らないのである。

〝おとなのオモチャ〟は我が国の性犯罪を防いでいます、とさるオモチャ屋さんはいった。赤線廃止後、青春の血沸きたぎる男は（あるいは沸きたぎらなくなった男も）どこで性慾を処理すればよいのか！　見よ、巷《ちまた》に氾濫する性犯罪の数々を！　処女の堕落を！　婚前交渉が呼ぶ悲劇を！

その性の混乱、悲劇を救うために穴こけし、ダッコ人形が登場した。

「我らセックス産業にたずさわる者は……」

とインテリオモチャ屋さんはいわれた。

「世界の平和に貢献しているという自負を持っております。この産業が栄える限り、戦争は起りません。万一、その筋の取締りが強化されて来たとしたら、その時は軍部擡頭の危機が近づいていると考えてよいでしょう」

つまり、我ら平和を愛する者は、右手にこけし、左に紅バケ持ちて暴力と戦うというわけだ。

おとなのオモチャは性犯罪を防ぐばかりではない。孤独な男女の人生の伴侶となって、「人助け」にも大いに役立っているという。例えば交通事故で夫を失い、この世に生きる甲斐をなくしたさる婦人、一時は後追い自殺まで決意した。その未亡人の命を救ったのが、何を隠そう〝バイブレーターL〟である。バイブレーターLによって未亡人はみごとに立ち直った。未亡人は生き甲斐を見つけたのである（当節は生き甲斐論が盛んだが、こういう生き甲斐論というのはどうだろうか。それにしても、この話はバイブレーターの〝Lバン〟というところがいい）。

また人助けの話としては、不能の男性患者を抱えて困っていた医学博士からの懇切《こんせつ》なる感謝状が来たという話もある。

この不能氏はピンクテープで助かった。また穴アキパンティで助かったという老人もいるそうだ。

おとなの幸福は変った。おとなはもう威張って子供を圧迫したりしなくなった。おとなは子供に権力ふるっていい気になるよりも、オモチャいじって平和に暮すようになったのだ。
今の子供は助かってるねえ！

お化けなんてこわくない

空には飛行機飛び交い、地には自動車が群れ、山は伐り払われ、海は埋め立てられ、自然は人工に征服されて日本全土が騒々しくも明快なこしらえものになりつつある。すべてが明るく直截《ちょくせつ》で、影というものがなくなった。

排気ガスが充満して樹木を枯らせ、自動車が突っこんで来て人を殺して行く。もはや泥棒は豆シボリの手拭いで頬っかぶりをして、月のない夜をみはからって忍んで来るものではなくなった。堂々と素面《すめん》を出して拳銃をふりかざして白昼、銀行を襲う。集団で飛行機を乗っ取って、人に迷惑かけて外国へ行き、歓迎パーティとやらで涼しい顔して飲み食いしている学生がいるかと思えば、これまた集団で浮気をし、相手から金を貰って、これぞ一石二鳥とばかりに喜んでいる団地夫人もいるという世の中。およそ〝みそかごと〟などというものはなくなり、あらゆるものから影がなくなった。

陰々たる鐘の音、暗い竹藪が風に鳴り、その後ろの墓地は日が当らぬままに苔むして、卒塔婆《そとば》は倒れて墓石は傾き、口を開いた白張提灯の間に柳の枝が音もなく揺らげば、影か煙か白い裾を墓石の蔭に消して、髪ふり乱したる青ざめた女ひとり――夏の夕涼みの縁台でこういう話が効果を持ったのは、そのへんに竹藪があり、柳があり、要するに人間の生活の中に半ば明るさがあり半ば陰があったからにほかならない。陰の部分がなくなった今では、幽霊というと、怖いものではなく、懐かしいものになりつつある。

この頃、戦争前のガラクタが珍重され、元帥の大礼服であるとか、ボンボン時計であるとか、ヒキ臼《うす》であるとかが、バカ高い値段で買われているという。何とか町の川原に幽霊が出るという噂が立ったところ、車連らねて見物人が川原へと押し寄せたという。幽霊もボンボン時計やヒキ臼なみに、うっかり出たら値段をつけられかねない世の中となった。

何が怖いのかと改めて問われても、これこれがこうなるから怖いのだと、ハッキリ答えることの出来ない怖さ。何だかしらないが怖いのようというしかない怖さ。背筋がゾーッとして身体が固くなり、顔を真直ぐ前に向けたまま、目玉を左右に動かすことも出来なくなる怖さ。そんなわけのわからぬ怖さは現代にはもはやなくなった。

交通地獄が怖いの、光化学スモッグが怖いのといったところで、背筋がゾーッとするわけではなく、怖い理由は明確に答えられるのである。本当の怖さというものは、いうにいえないゾクゾクにある。

何ごとも本モノのなくなった今日、手ねりアンコの大福餅を求めて行列する人のように、本モノのゾクゾクがそこにあるかと思って人々は出かけて行くのであろうか?

この夏京王遊園に十一年ぶりで開かれた〝お化け屋敷〟に訪れる人、引きもきらず、多摩動物公園の開設などのために入場者は減少の一途を来し、ジリ貧をかこっていた京王遊園は、この数年来の不振を挽回《ばんかい》したということである。

「今どき、作りもののお化け見たって、どうちゅうことはないやろに……」

と私の母はいったが、現代人が、〝どうちゅうこともない〟ところへむやみに行きたがるのは、もしかしたら、現代生活を蔽《おお》っている明快さに飽き飽きしているためかもしれないのである。

お化け屋敷は京王遊園の西南の一隅、プールのそばにある一見、体育館風の建物の中にある。入口を入ればモギリのオジサンの坐っている前に朱塗りの橋がある。橋は〝うらみ橋〟といいその正面に古びたお堂の扉がある。入場券を渡してその橋を渡り、お堂の前を左へ折れると、一寸先も見えぬ細い通路となる。その何やら陰惨なる感じの黒い通路の方に気を取られながら、お堂の前を曲ろうとすると、いきなり扉が開いて白い着物の幽霊がさっと飛び出してくるという仕かけである。

そこでナイーブな人はまず、キャッ（あるいはわッ）と立ちすくみ、ひと驚きしてからおっかなびっくり暗い通路へと入って行く。と、いきなり右の壁から黒い手がニュッと出てくる。あっと息を呑んで二、三歩、手さぐりで闇を歩くと足にサラサラとさわるものがある。壁の下の方の穴から羽バタキで足をなでるのだ。

ここで充分怖がらせておいて、暗い通路を通過すると、両側を竹で囲ったやや明るい道に出る。浅茅《あさじ》ヶ原《はら》の鬼婆、牡丹燈籠《ぼたんどうろう》などの人形が薄明りの中に立っている。本所七不思議足洗《あしあらい》、などという場面があって、天井からどでかい足がニュッとつき出しているのがかえって愛嬌がある。竹に囲まれた通路を行く間も、何やら怪しげな呻《うめ》き声が、

「うゥ……わァーあ……、いィ……イ、うゥ……ウ、えエ……エ、おォ……ォ」

と恨むがごとく、歎じるがごとく慄えつつ響いて来るのである。カチャーン、カチャーン、とときどき大きな物音がする。通りすがりの棺桶《かんおけ》の蓋《ふた》が突如、パッと開くと中に白装束《しろしょうぞく》の女の屍体が横たわっている。どんな顔かと仔細《しさい》に見る間もなく、バターンと蓋は閉まり、向うの井戸の中から、へんてこな人形が飛び出して来る。後で聞くとへんてこな人形と見たはカッパだそうで、これも本所七不思議の場なのである。

また、しばらく行くと、今度は天井からニュッと黒い手が出て来る。と思うとキュルキュルと音がして空中を幽霊が走って来て、さっと退いて行く。その早いこと、顔見る間もない。

「はじめのうちはお化けを壊されましてねえ。お化けの着物をはがされたこともあります」

と案内の人がいったところを見ると、この化けもの人形たちのす早さは、身を守るためのす早さかもしれない。ノソノソしていると、何をされるかわかったものではないのである。ある女子高校生のごときは、ものかげに隠れていて、天井からつき出した黒い手に、エイヤと飛びついて摑み、天井裏の突き出しアルバイトの学生さんと黒い手を中に引っぱりっこの力くらべとなったそうである。かと思うとお客がお化けに早変り、通路の竹囲いの後ろからニョロニョロと手を出して他のお客を驚かしたりする。この頃の娯楽は〝見る娯楽〟から〝する娯楽〟へと変っているという。これなどもその現れかもしれない。

ところで、私とM青年は、お化け屋敷を一巡した後で、このお化け屋敷の心臓部ともいうべき中央演出部へ入った。演出部というと聞えはいいが、お化け屋敷のカキワリとカキワリの中間にある一坪ばかりの狭っくるしい空間である。明るいところから入って行くと、目が馴れるまでは何が何やらわからない。天井からやたらに縄が下っている。二人の青年がいて(一人は上半身裸)小型扇風機が廻っている。この場所はちょうど、〝うらみ橋〟の正面のお堂の裏に当っており、お堂の下の小さな葭《よし》ず張りの覗き窓から入場者の姿が見える。

子供連れのお母さん。アベック。五、六人かたまってワイワイいっている男の子の一団。入場券を買ってまず〝うらみ橋〟のとっかかりでこちらを見てひと思案する様がのぞき窓の真正面に見える。意を決して橋を渡って来ると待ち構えていたアルバイトのお兄さん、やおら手にした綱をグイと引けば、「ひゃッ！」と立ちすくむ姿が目のあたりにある。お堂から幽霊人形がとび出したのである。

ここでびっくり仰天して逃げ帰って行く子供もいれば、動じぬところを披瀝《ひれき》せんと「ふン！」という顔して通り過ぎて行く中学生もいる。かと思うと動じるも動じぬも一向に感じぬおばあさんあり。せっかく一生懸命に綱を引っぱっているのに、気もつかずにニコニコスタスタ行ってしまうとは、ひどい人もいるものだ。こういう人は化けもの屋敷へ来る資格のない人である。

さて、客が、お堂の前を左へ曲って例の暗黒の通路へさしかかると、今度は壁に開けてある穴から様子窺いつつ、タイミングよろしくニュッと黒い手を突き出す。暗がりに馴れたこちらの目には、通路の様子は手にとるように見えるが、明るい外から急に暗がりに入って来たお客さんには、真暗闇である。黒い手をつき出すと、次なる穴は例の羽バタキだ。羽バタキだけでは変化がないというので、アメリカ式ハタキだという、羊の毛のようなモジャモジャハタキも用意してある。時にはアイスノンでヒヤリと足を撫で

ることもあり、アルバイトのお兄さんの言によれば、

「やっぱり若い女がイチバンだね」

ということであった。

土曜日の午後とて客は次々に入って来る。カキワリ裏の演出部には常時、四人のアルバイトがいるそうだが、今日は休んで二人しかいない。しかもその一人は学生アルバイトではなく、人手不足のために動員された京王電鉄部の社員さんである。この人、さすが正規の社員だけあって職業意識高く、フルに働く。綱を引っぱり穴から黒い手を突き出し、モジャモジャハタキで足を撫で、息つく間もなくマイクで唸り声を上げる。その上に、

「わァ……ァいィ……ィウゥ……ウえェ……ェ」

男の声とも老婆の声ともつかぬ陰々滅々たるその声は、電鉄部に勤めさせるには惜しい迫真の演技力がある。

片や裸のお兄さんの方は井戸のカッパと棺桶の蓋と、空飛ぶ幽霊の受け持ちである。覗き窓より様子窺いつつ、人がくればそれぞれの綱を引っぱる。次々に人が入って来る

とその忙しいこと、汗みずくになっての奮闘である。

「これはお忙しくてたいへんですなあ、手伝いましょうか」

とM青年、黒い手を突き出す役目を引き受ける。この人はこういうことになると、むやみにハリキル癖がある。彼はこの探訪が決まったときから、これがしたくてソワソワしていたのだ。覗き窓から覗いていて、うらみ橋を渡って来る人を見るや、定位置について身構える。電鉄部さんが綱を引く。

「あっ」

「きゃっ！」

その声が聞えると、待ち構えたるM青年、エイッとばかりに黒い手を突き出す。横から見ていると、実に真剣な面持ちである。ニヤリともしない。次に控えし私は、モジャモジャハタキ握りしめ、穴から様子を窺うと、ちょうど、すり足で歩いてくる脚の膝から下の部分だけが見える。その足のうち、素肌の足を選んでモソモソと撫でるのだが、男の足はたいていズボンに靴で肌を蔽《おお》っているから、撫でても撫で甲斐がない。父親のズボンとよく磨いた黒革靴が、白い半靴下にズックの靴をはいた細っこい脛《すね》の男の子と並んでやって来た。私、ふと、感動する。ああ、ここに日本の父親とムスコがいる――どんな父親か（あるいはグウタラの女たらしかもしらず、また小心者のわからず屋かもしれないが）とにかくここにあるのは子供を愛している父親の足だ。そうして子供はその父親と一緒にいることで安心し、しっかりと足を踏みしめ、健気にも一歩一歩、父の歩調に合せて足を踏み出しているではないか――

そう思うとモジャモジャハタキ握りしめたる私の手から力はぬける。街角に待ち伏せしたる刺客の、助け合いつつ来る巡礼姿の親子を見て、殺意鈍りたる心境に似ている。何たることか、私のその感慨も知らず無情なM青年、その親子の前にやっと黒い手突き出せば、子供はひしと父親にしがみつくが声は出さない。父親、泰然《たいぜん》と歩調も乱さず、「大丈夫」と一言。

「あっぱれ、見ごとなその胆勇《たんゆう》」

と私は親子に声をかけたくなった。

かと思えば情けなや、次に現れたる三十七、八歳の男性、妻か愛人か知らねども、三十五、六歳の女性の腕をひしと掴み、

「帰ろうよォ、こわいよォ」

にはは驚いた。その連れの女性がまた豪胆そのもの、

「何いってんの、せっかく百円も木戸賃払って……」

私、モジャモジャハタキで懸命にその足撫でたが、平気の平ざで通り過ぎて行ったのは、豪胆なのではなく、鈍感というべきかもしれない。

次に植木等《うえきひとし》によく似たオッサンがニコニコ顔で現れた。男、女とりまぜて五、六人のチビを連れている。

「さあ、いいかい、マッちゃん、ケイちゃん、キヨシ、サブ……」

オッサン、植木等に声まで似ている。〝うらみ橋〟渡って来たところで、ガタン！

お堂から幽霊とび出たが、

「やあ、出たねえ、大丈夫、大丈夫、こわくなーい、こわくなーい」

可愛らしい四歳ばかりの女の子二人、声を揃えて、

「こわくなーい、こわくなーい」

オッサン「さあ、こっちだよォ、暗いよォ、気をおつけェ……」

女の子「こっちだよォ、暗いよォ」

M青年、エイヤと黒い手突き出したが、

「こっちだよォ、暗いよォ、気をおつけェ」

の合唱つづきて、一同ぞろぞろと奥へ行ってしまった。こういうのに出会うと、気勢殺《そ》がれてハタキ突き出す手も鈍る。

「ヤ、ヤ、ヤ、いいのが来ましたぞ」

Mさんの声に覗き窓より眺むれば、二十五、六の若者に、十八、九の丸ポチャ美人が、橋を渡って来た。すかさずお堂の幽霊飛び出る。

「キャアーッ」

何とものすごい声だ。これくらい驚いてくれると、やる方だってハリ切らざるを得ない。M青年、ニュウと黒い手突き出す。

「キャアーッ」

私、待ち構えてモジャモジャハタキで足の甲より膝へ向って撫で上げる。

「キャアーッ、キャアーッ、キャアーッ」

女は三度、絶叫し、

「足をさわったのよゥ、モジャモジャの手が……足をォ……ここんところォ……」

私は穴よりにょっきり首突き出してしげしげと眺めれば女の子、ひしと男の胸に齧《かじ》りつき、男はまた、いい気になって、

「何？　何？　さわった？　何が？」

というも上の空、しっかと女を抱きしめている。

「ここんとこォ、手がさわったのよォ、モジャモジャのォ……」

手じゃないよ、ハタキ、ハタキと危うくいうところだった。

「手が？　さわった？　アハハハ」

男は上機嫌で笑って、女を抱いた手を放さない。私、モソモソと穴から首を引っ込める。まったくよく考えてみると（いや、わざわざ考えなくとも）私は相当のオッチョコチョイだ。文壇広しといえども、汗みず流してこんなことを真面目にやってるのは、遠藤周作か佐藤愛子くらいのものではないか。何のことはない、人を脅かして楽しむつもりが、反対に楽しませる手伝いをしているようなものだ。そう思い、改めて自己嫌悪に

陥り折も折、小学校高学年らしい男の子の、よく響く大きな声が、われわれの潜んでいる穴ぐらに向って放たれた。

「やい、おんどりゃァ（お前ら）なんぼもろとんねん！　出て来いよォ、そこでゴソゴソしとんの、暑いやろォ、アホゥ！」

いや、ごもっとも。しかも当方は、日当なしで奮闘している。思わず当方四人、シンとなれば、場内一巡して来た植木等組の合唱の声が、

「こっちだよォ、暗いよォ、こわくなーい、こわくなーい」

とのびやかに聞えて来る。

「キャァーッ！……キャァーッ」

と遠くより響くは、例のアベックか。いい気になるな、ってんだよ、まったく。化けもの屋敷を何と心得ているか。化けものの方としてはこれでも一生懸命マジメにやってるんだ。

怖がるところでは素直に怖がり、びっくりするところでは純真にびっくりしてもらいたいものだ。

私は穴ぐらを出て、今度は天井に上った。天井の上で一人の学生さん、チューインガムを噛みながら黒い手を突き下ろしている。どうもここの化けもの屋敷は黒い手がやたらと好きらしい。四角い穴にムシロがかぶせてあり、そのムシロの端をそっと上げて下の様子を窺っては、黒い手をつき下ろす。湖の氷の穴から、モリで魚でも突いている感じである。コカコーラの空瓶三本ほど転がり、「マーガレット」という少女雑誌が二冊、置いてある。「マーガレット」を読みながらコカコーラ飲みながら、下行く客を脅かしている。

「どう？　面白いですか」

と聞けば、いかにも飽き飽きしたという仏頂面で、「いや、べつに」との答。

「人がびっくりするの見てると愉快でしょう？」

「はあ？……べつに……」

学生さん、倦怠《けんたい》の極《きわ》みという顔である。

天井を降りて表へ廻った。入場券売場の前は次々に人が群れている。〝うらみ橋〟の手前で正面を見れば、古びたお堂がひたりと扉を閉じている。

「早く行きなさいよ、大丈夫だから……さあ、みんな一緒にかたまって……大丈夫、こわくない、こわくない……」

そう子供を激励し、自分は中へ入らずに外で待っているお母さんが少くない。おとな百円の入場料を倹約したのか、子供の前に母親の権威を落すかもしれぬ危険を避けたのか。

アベックが行く。子供連れの父さんが行く。子供の中にもすれた子がいて、お堂から出て来た幽霊に向ってお辞儀をしているのがいる。こういうのはおとなになると、チョコマカと気は利くが、大出世はしないと睨んだ。たとえ一時間でもお化けをやった身は、素直にびっくりしない子は憎らしいのである。

入口の右手に木戸があり、場内を一巡した者はそこから出て来る。そこに立って見ていると、出て来る人は皆、一様に笑い顔をしている。お化け屋敷に入って笑って出てくる。

充分怖い思いをした満足感か、思わず怖がったテレかくしか、期待通りの成果をおさめたホクソエミか（これはアベックの男の場合——いや、女のほうも）。

それにしても、どの顔も善良そのものという顔だ。これは庶民の健康な笑い顔だ。ここで人々は、竹藪が生い茂り、季節の匂いのただよう小径があり、空は澄み、花々が咲き乱れ、世の中に光と影があったころのあの素朴な心に戻る。もしかしたらあの笑い顔は、その素朴さが現代の明るさに照らし出されたときのとまどいの笑いなのかもしれなかった。

なにが進歩と調和だよゥ

ある日のことである。

私が机に向って仕事をしていると、卓上の電話が鳴った。

「もしもし、こちらはK×テレビでございますが、えー佐藤先生のお宅でございますか」

という丁重な声には、まだ当方が何もいわぬ先から平身低頭の響きがある。

「えーと、いつぞやは『文藝春秋』でたいそう、そのう……やっつけられまして……」

「あっ、万博の……」

私は思わず叫びそれからハッと直感した。

万博の閉会式!!

またしても私はそれに駆り出されるのではないか！

私は忍び寄る不幸に対する直感力は鋭い方である。不幸といっては大袈裟かもしれないが、気に喰わぬ事態の到来を察知する動物的本能が強い方だ。万博の開会式にいやだというのを無理やりに連れ出され、日本政府館というパビリオンのレポーターとしてテレビで感想を述べさせられたのは、忘れもせぬ半年前のことである。

粉雪吹きすさぶ千里の丘陵、まだ出来上らぬ万博会場の砂利やセメントやトラックや建材の間を行ったり来たりして痔を起し、出演料の少さに激怒し、そのようなことに激怒せねばならぬ我が身の上を悲しみ、テレビで万博の悪口をいって、あの女は口を開けば悪口しかいわぬ女だ、などと悪評を受け、以来、半年の間、万博という字を見れば顔をそむけ、万博の話題出ればむっつり口をつぐむ、という風であったのだ。

「その節はいろいろいわれましたが、佐藤さんがお怒りになるのは重々、ごもっともと思っとります……」

電話の主はあくまで丁重慇懃《ていちょういんぎん》にそういい、私の動物本能が察知したごとく、万博閉会式のテレビにもう一度、レポーターとして出てほしいというのであった。

私は呆れた。K×テレビはマゾヒストが揃っているのではないかとさえ疑った。その数日後、電話の主はわざわざ上京し、

「佐藤さんにかかると、何を書かれるかわかりませんので、おそろしゅう思とりますんですが……」

とビクビクを装いながら（と睨んだのはヒガ目か）あの手この手と攻め寄せて、とうとう私は彼の前に威張りながら屈服したのであった。世間ではどう思っているかしらぬが、実際私は人がいい。すぐ怒るくせにすぐに屈服する。

閉会式の前日、私は飛行機に乗った。実は私は開会式の時に日本館を見たほかは、何ひとつ見ていないのだ。新聞の万博記事にもソッポを向いて来た。万博について知っていることといえば、むやみやたらと大勢の人が押しかけて、疲れた疲れたとブウブウいって、帰って来ることぐらいなものである。その数たるや、日に四十万、五十万という数だそうだ。

なぜそんなに大勢の人が万博へ行くのか。万博にはそんなに面白いことがあるのか。ただのもの珍しさが、人を動かすだけなのか。

私はそんなことが知りたくて万博へ出かける気になったといっていい。午前十時、車が万博会場に近づくと、はや遙かに群衆の行列が見えた。車を降りて近づいて行ったが、その行列の先頭はどこにいるのか見当もつかない。

「これは何の列ですか」

と聞けば、アメリカ館だという。整理員が何やら声を嗄《か》らして叫んでいる。しばらく行くとまた別の列に出会う。それは晴れ日は輝き、色とりどりのパビリオンが残暑の日射しの中で疲れ果てたように佇んでいる。私は三菱未来館というのに入った。

最初の部屋は〝日本の四季〟とかで、貰った案内書には、

よく見ればなづな花咲く垣根《かきね》かな

の芭蕉の句と、

名月や畳の上に松の影

の其角《きかく》の句から説明が始まっている。

「日本は世界でもまれに見る四季の変化に富んだ国ですが、現在都会などではその四季感は薄らぎ、かつて日本人が暮しの中で味わい謳って来た心は忘れられようとしていま

す」

　その通り、私は昨日も町の花屋で、色つけされたススキや、何やら得体のしれぬ羽を赤や黄に染めた花（？）を見て、人間が生活の便宜のために自然を侵害するばかりでなく、もう自然を必要としなくなったということをまざまざと知らされたばかりである。花は凋《しぼ》むから美しいのだ。凋まぬ花、埃かぶったまま、半年も一年も赤々としている花、いったいどんな感受性が美しいと思うのか。

「未来に向っての新しい生活空間創造の中でその伝統を生かし、再創造して行くことは、これからの私たちに与えられた大きな課題の一つではないでしょうか」

　浅学の身にはいったいどういうことなのかよくわからぬが（再創造とは何かもっとわかり易くいってくれ）大体、この文章がこの万博の全体を象徴しているとみてよいような気がする。いうならば邪淫《じゃいん》の戒を説く坊さんが、妾《めかけ》のところへ通っているようなもので、

「よく見ればなづな花さく……」

　などと呟きつつ、そのなずなを引っこ抜いている。

私は突如、もの凄い音響の中にブチ込まれた。ブチ込まれたといえば大仰かも知れないが、トラベータなるエスカレーターの兄弟分みたいなもの（つまり動く歩道）に一足乗せるや、好むと好まざるとにかかわらず、逆巻く嵐の映像の中へ連れ込まれたのである。これはホリ・ミラー・スクリーンという新技術だそうで、上下、左右、前後、どっちを見ても波と暗雲が逆巻いている。そのもの凄い音響に辟易《へきえき》して逃げ出そうと思えども、悲しいかな私は自分の足で歩いているわけではないのだ。トラベータが私を進ませている。後へもどりたくとも戻れず、前の人を追い抜いて進みたくも追い抜けぬ。またそのトラベータののろいこと。ここで大地震が起きたらどうなるか、とふと心配になる（私は強そうに見えて、案外、心配性なのだ）。

やれやれ、やっと嵐の間を通り抜けた、とほっとしたのも束の間、今度は火山だ。さっきはブルーだったが今度は焔の色だ。床面には溶岩流、天井面には燃える雲、トラベータはのろのろ運転。

「ここであなたは通路を抜けて神秘をたたえる宇宙空間に吸い込まれて行くのです」

ということだが、さっきから大地震の心配に胸押しつぶされている私は、もう神秘をたたえる宇宙空間に吸い込まれたくないという一念で一杯である。五十年後の日本の空、五十年後の日本の海、五十年後の日本の陸。次々に何やら見せられたが、絵本に出てくるような色とりどりの花咲き乱れた（しかしその花は何の花やらよくわからなかった。少くともなずなではなかったね）庭園の向うに富士山が見え、カッコウが鳴いていたということだけ覚えている。

富士山にカッコウか！

これが、なずなの代りですかな。

私はだんだん意地悪な心情になって来た。お前は口を開けば悪口しかいわん、お前の文章には憤激《ふんげき》という言葉が多すぎるぞ、とお怒りの読者がおられるようだが、憤激を押えると女は底意地が悪くなるのである。

意地悪の瞳ぎらぎらと光らせて次へ進めば、また、ここに怪しき装置がある。曰く、ブラウン管のないテレビの原理を応用して作られたシルエトロンというものだ。台の上で何人かの女の子が音楽に合わせてツイストをやっている。それが正面のウロコ型にでこぼこしたスクリーンに巨人の影法師となって映るのである。このとき、一人のオッサン、のこのことステージに上った。クモリ傘を腕に掛けカメラとズックの鞄を肩から交叉《こうさ》して麦藁帽子をかぶっている。その格好でオッサンは踊り出した。もしかしたらこういう人が、野球の施設応援団長を買って出たりする人かもしれない。私は思わずニッコリした。私の意地悪はここで少し直った。私は踊るオッサンの中に〝なずな〟を見たのだ。自然を見たのだ。都会の文明の中で、もう取りもどしようもなく、私などが失ってしまったその素朴な好奇心が私をなごませたのである。

「すべてを見終え、あなたはプラザを出て、再び三菱未来館の姿を見上げます。未来がここにある。それは幻想ではなく、この国の空と海と陸の明日の姿、あなたの足音、自然と科学の調和を生み出す未来への挑戦のドラマ、これは人間の叡智の伽藍《がらん》なのです」

私は〝人間の叡智の伽藍〟から外へ出た。外には相変らずの長い行列。万博会場取り巻く車。空を蔽う排気ガス。日本庭園のカサカサと元気のない樹木。自然と科学の調和はいったいどこにあるのか。富士山が見えて、カッコウが啼く？　五十年先にはカッコウは死に絶えているのではないのか。富士山は切り崩されて、おとなの遊園地になり、フリーセックスの乱痴気《らんちき》の場となっているのではないのか！

私は何も三菱未来館に恨みがあるわけではない。数多くのパビリオンの中で、たまたま見たのが三菱未来館であったというだけのことだ。これだけの展示館、展示物を作るために寄せられた情熱と智恵と力に対して私は敬意を払うに吝《やぶさ》かではない。ここに謳われているものは多分人類の夢なのであろう。そして夢は楽しければ楽しいほどよく、美しければ美しいほどよいのだということができるかもしれない。

しかし背中に火をつけられているのに、

「カチカチと音がするのは何だろう」

「ここはカチカチ山ゆえ、カチカチと音がするのよ」

「なるほど、なるほど。……ボウボウと音がするのは何だろう」

「ここはボウボウ山ゆえ、ボウボウと音がするのよ」

「なるほど、なるほど」

と感心しているうちに、背中が燃えて大ヤケド。カチカチ山のタヌ公のようなことにならぬよう、お互いに気をつけたいものである。

それにしてもこの炎天下の人々の群れ、動かぬパビリオンの行列（実際には動いているのだが、後から後から人が連なるために、動かぬように見えるのだ）は、私には隠忍《いんにん》という字に見える。それは私たち戦争体験者にとっては懐かしい文字だ。新聞やラジオや学校や隣組の寄り合いで、私たちは「隠忍」という言葉を見せられ聞かされた。日本は隠忍に隠忍を重ねたが、ついに米英と戦うことになり、戦争に勝つために隠忍し、ついに負けてまた隠忍自重をいいきかされ、隠忍の結果の平和繁栄、進歩と調和の中で再びなつかしき隠忍と再会している。

「十一時から十二、一、二と、三時間も待っとんのやでェ、人を何と思とるんか！」

と怒っているおじいさんがいたが、何千の行列のなかで怒れるおじいさんひとり。誰も同調しない。ちょうど、戦争中、配給物の行列に並んでいるときがそうだった。

ところでそうして三時間も四時間も待って、いざ入ったパビリオンで、いったい何をどういう風に見たかといえば（私は注意して観察していたが）ほとんどの人々が何も見ていないのには驚いた。人々はただ、行列を作ってゾロゾロと歩いているだけである。汽車の窓の外を流れる景色をただぼんやりと目で追っているように、歩くにつれて目の前に現れる展示物にただ目をやっているだけだ。見ようとしないが、勝手に向うから目の中に入ってくるので見る、という見方である。

それでも〝見た〟ことに満足して人々は帰って行く。それでも何やら〝見た〟ことは見たのだ。ただ〝見た〟だけで何も感じない。何を見ても驚かない。宇宙船を見ても、月の石を見ても（魚屋の店先でサンマの値段を見たときの方が、よほど感動が現れる）。驚きはしないが、しかし好奇心はそれで満足させられたのであろう。万博とはどんなものか、という程度の好奇心は。

夕方、私はプレスセンターに立ち寄った。ここで明日の閉会式のテレビ中継で、万博についての感想を述べるための打ち合せをするのだ。プレスセンターのK×テレビの部屋の窓から、私は古戦場を見るような気持で遙か彼方に見えるパビリオンの屋根屋根を眺めた。灰色の雪空の下で、開会式のパレードの練習が行なわれていた広場が見える。ヘルメットをかぶった工事関係の男たち、疲れはてた報道関係者、おまわり、自衛隊員、パビリオンホステス、見学者の群れなどが、右往左往していたプレスセンター前の道路は、いま九月の夕暮の中でひっそりしている。窓近くに置いたテレビで奥村チヨが歌っている。声を消しているので、映像がシナを作ってパクパク口を開けている。

半年前の同じ日、私はこのテレビの画面で一人の男が一人の女を足蹴《あしげ》にし、

「このスベタ！　出ていけ」

と叫んでいるところを、寒さと疲労と空腹に呆然として眺めたことを思いだした。はや六ヵ月の月日が過ぎ、秋が来たのだ。今日この賑わいも明後日には消える。やがて秋風の中にパビリオンの取り壊しが始まり、そうして〝人類の進歩と調和の未来都市〟は幻の都のようにかき消えてしまうのだ。百万坪の土地に一兆円の金、そこに投じられた何万という人のエネルギーと情熱が冬の訪れと共に忘れ去られて行くのだ。そう思えば万博の敵といわれた私の胸にも、一抹の感傷が流れたのである。

翌日には閉会式である。その夜、私はホテルの一室で四分間で万博についての感想をしゃべる練習に夜を更かした。その日のリハーサルでは私のおしゃべりは長過ぎて、いいたいことの半分もいわないうちに四分が過ぎてしまったのである。

「いいです、いいです、明日は適当に納めて下さい」

とテレビ局の人はいった。どうやらあたりの気配は私に対して戦々兢々たる気分であることは、プレスセンターK×テレビの部屋に入った時から感じていたことだ。どうや

ら私は〝ウルサがた〟ということになっているらしい。文藝春秋の五月号以来、怒ると何を書くかわからん、という怖れがテレビ局の面々の表情に出ている。

「いいです、結構です、すみません」

が口癖になっているお方がおられる。こう恐懼《きょうく》されると私たる者、やはり律儀な心情になる。私はその恐懼に報いるために、午前二時までかかって、四分きっちりに感想をいい納める文章を練ったのである。

翌朝は七時半にホテルを出る。開会式の時と同じくエライ様がおいでになる前に、我々ガチャ蝿は会場入りしておかねばならぬのである。秋の声を聞いたが、日射しにはまだ夏の強さがある。その日射しの中で放送時間を待つ。放送する場所はＥＣ館のテラスの上である。どうやらエライ様がお着きになって閉会式が始まったらしい。やがて蛍の光が聞えて来て、やっと私のしゃべる番が来た。

「三月から九月までの半年の間に、六千万人の入場者があったというので、万博は大成功だったといわれております……」

と私は始めた。〝進歩〟といわれているものがもたらした公害に悩みながら、進歩と調和を謳うお祭をしているというのも妙な話ではないか、というようなことをいう。テレビカメラの傍の黄シャツのおにいさんが、あと二分とキューを出した。よしよし、この分ではちょうど、うまい具合に話が納まりそうだ。この後、私はこの万博の人の波を日本人のエネルギーだという声があるが、それはエネルギー以前のものであること、そのエネルギーの素をエネルギーに変え、そして突っ走る科学技術の進歩を阻止する力にしたい、ということをいうつもりである。

ところがである。

「私がここで見たものは……」

といったとき、突然、耳に入れたレシーバーがウツロになった。黄シャツのおにいさんは「あと二分」と出しているのに、レシーバーはウツロになったのだ。や、や、や、と思う折しも、司会の黛さんの声が、

「どうも有難うございました。色々なご意見が出ましたが……」

というのが耳の中で破裂した。

私はレシバーを引き抜いた。黄シャツのおにいさんの怯えた顔が、私の形相のものす

ごいことを私に教えた。

「すみません」

「相すみません」

「どうも、申しわけないことで……」

「皇太子さんの挨拶のあたりで延びまして……」

「そのため七分も時間が押してたもんですから……心をオニにして切らせていただきました……」

テレビ局の人々は口々にいった。

「では私は皇太子のためにチョン切られたと、そう解釈していいんですか！」

「いや、皇太子さんのせいというわけではありませんが、佐藤首相が、これまたゆっくりと朗読しましてねえ」

「では皇太子と佐藤首相のためですね！」

ついに相手方は黙した。せっかく機嫌をとって来たのに、最後にすべての苦労が水泡に帰した、という沈黙である。

「どうか、ひとつ、お手やわらかに」

「何とか、ごかんべんを……」

ああ、私も人がいい。人がよすぎるからこんなことになる。人がよすぎるからオニになる（ちっともおかしな理屈じゃない。ちゃんと私なりに筋は通っている）。私は二分間しゃべってチョン切られるために、わざわざ嫌いな飛行機に乗ってこんな所までやって来た。私の話が三十秒でも延びるとひとに迷惑がかかると思って、夜中の二時までかかって、四分に納まる感想を考えた（大した感想でないにしてもだ、とにかく一生懸命にやった）。

私はトボトボと帰途についた。もはや憤激の嵐は私には訪れぬ。あるいは私の顔はパビリオンの行列に並んでいた人のそれと同じであったかもしれない。すなわち隠忍の顔だ。人間が機械や時間に駆使される時代に生きる人間の顔だ。

我が家へ帰って数日して、K×テレビの人から手紙が来た。さる日、平身低頭スタイルで私をおびき出しに来た贋マゾヒストだ。

「先日はお忙しい中をご無理を申し、わざわざお出かけいただきまして有難うございました。おかげさまで、好評で一同、有難く感謝しております……」

このときになって私は俄然、アタマに来た。隠忍が消し飛んで憤激の大爆発が起った。

「好評とは何だ、好評とは!!」

私は叫んだ。四分を二分にチョン切ったのがよかったというのか!

それから私は口をつぐみ、秋風吹く我が荒庭を眺めて改めて毒づいた。

「なにが進歩と調和だよォ!」

その声は空しくスモッグ立ちのぼる曇天《どんてん》に消えたのである。

〃一泊十万円也〃の寝心地

帝国ホテルの十六階に〝インペリアル・スイート〟なる部屋があるという。「愛子の小さな冒険」もいよいよ最終回であるから、今までの埋め合せに（まったく、一時間七百円の連れこみ宿とか、日比谷公園のアベックノゾキとか、考えてみれば、「愛子の小さな冒険」にあらず、「愛子の安冒険」と改題した方がいいような取材ばかりであった）、ひとつ、そこに一泊してもらって大いに貴族気分を味わっていただきたい、とM青年から電話がかかった。

「インペリアル・スイートね、ハーン」

と私が浮かぬ声を出したのは、元来、横文字に弱いせいもあるが、貴族気分などというものに縁遠く、ピンと来ぬためもある。M青年はいった。

「主賓の部屋のほかは随員の部屋と護衛の部屋がありまして、わたくしめは護衛室に休ませていただきますから、佐藤さんはどうか、主賓のお部屋に」

それからM青年はつけ加えた。

「これは一泊十万円の宿泊料でして」

私は思わず驚愕《きょうがく》の声を上げた。インペリアル・スイートなどと気取っていわれるより一泊十万円の方が話が早い。

「行きましょう、行きましょう」

と私は身を乗り出した。

一泊十万円の部屋とはいかなる部屋か。子供の時から映画で見て、かねて一度寝てみたいと思っていた天蓋《てんがい》つきのベッドかもしれない。フワフワのベッドに身体埋もれてキンコンと鐘を鳴らせば長い首をカラーで締めつけた侍従がうやうやしく銀盆の上にうまそうなものを乗っけて運んで来る。床の絨緞《じゅうたん》は足が埋もれそうで、浴室は大理石でとりどりの花に満ち、コンコンと湯が溢れて数人の美女が（いや、美男の方が好ましい）身体を流してくれる……と、夢のようなことを考えているうちに次第に心浮き立ち、人に

会う毎に、

「十万円の部屋に泊るのよ、十万円の部屋に泊るのよ」

と吹聴したのであった。

さて十月某日正午、私はチェックインの時間を待ちかねて、護衛M青年を従えて帝国ホテル正面玄関に車を横づけにした（とはいうもののこの横づけ、タクシーの横づけなり）。廻転ドアを入り、おもむろにロビーに足を踏み入れる。

「一泊十万円のインペリアル・スイートに泊るんだぞ」

と心に叫べども、あたりの人々、見向きもせず。この部屋は今年の三月十一日、万博の開催とほとんど時を同じうしてオープンされ、九月十五日まで外務省が買い切って国賓を泊めていたという。九月十五日以後は一般の客も泊めたが、

「日本人で私費でお泊りになった方はまだお一人もございません、ハイ」

という支配人さんの話であった。外国人ではどことかの大金持が一週間泊って、軽く百万円をオーバーしたそうだが、もしかしたらアメリカの〝ノウキョウ〟かもしれない。

支配人の案内でエレベーターで十六階へ上る。カーペット敷き詰めた廊下を音もなく

進む。やがて廊下にガラス戸のしきりが現れ、その奥がインペリアル・スイートである。護衛はこのガラス戸のところに拳銃を内ポケットにして立つのであろうか。しかし私の護衛M青年はでかい顔をして、ノソノソと私と一緒に部屋について来る。支配人はドアの前に立ってキイを操作した。他の部屋のドアは一枚扉だが、ここのは上等の部屋であることを示すために二枚扉になっている。

何だかしらぬがむやみやたらと広い部屋が私の前に開かれた。全体にアイボリーに統一された室内の装飾。広間は三つのパートに分れ、奥が会議用、中央がゆっくり十人は坐れるソファセット、入口近くにやや少人数のためのコーナー、旅のつれづれを慰めるマホガニーのグランドピアノなども備えつけてある。

「はーん、なるほど」

と私はいった。考えてみればおかしな挨拶かもしれないが、一泊十万円のイメージをあれこれ描きつつここまで来た身には、きわめて自然な挨拶といえるのである。

「ここはキッチンですな。はーん、ここがバーというわけか。酒は？　ないですな。冷蔵庫の中は氷だけか……」

とM護衛（頼まれて留守番に来たアルバイト学生じゃないんだよ）。

「ここが護衛の部屋ですな。やあ、カラーテレビがあるな。ここが護衛のバスルームと。こっちが随行員の部屋ですね。ここのバスルームが随行員のバスルーム。主賓の部屋は、ここです。ここです」

と今度はMさん、周旋屋《しゅうせんや》の案内人となる。

「三つの部屋にベッドが二つずつ、サロンの長椅子に四人、床のカーペットの上に十人……合計二十人はゆっくり寝られる。すると一泊十万円とは安いものですなあ」

どうもいうことがミミッチイねえ。

窓の下には日比谷公園とお堀の一部、皇居の森、その森のさらに向うに武道館の屋根が見える。日比谷公園に沿って車の列。横断歩道を渡る人の群れ。街は騒音と排気ガスに満ちているのであろうが、ここは静寂そのもの、微かに換気の微風の気配がしているだけである。

サイドボードの上に菊の花束がある。白い小封筒が花の間から覗いている。封を開くと紙片が出て来た。

佐藤愛子様　犬丸徹三

つまり帝国ホテル社長より私へのプレゼントというわけなのだ。

「どう、Mさん、これを見てよ」

と自慢らしく叫んだが、考えてみれば犬丸氏は佐藤愛子に花を贈ったのではなく、インペリアル・スイートの宿泊者に贈ったのであろう（何もいい気になることはないのだ。勘定は文春が払う）。

「さて、どうしますかな」

「どうしましょう」

私とM青年は顔を見合せた。部屋は立派だが（主賓の部屋の椅子は、王様が坐る背もたれの高いもので、その前には足置きが置いてる）、銀盆持って現れる侍従がいない。M青年はピアノの蓋を開けて、おもむろにムーンライト・ソナタを奏で始めた。

私、ソファに身を埋め、ゆるやかなそのメロディに耳を傾ける。これぞ優雅なるひとときというべきかもしれないが、惜しむらくはピアノの音程が狂っている。M青年は音程狂いしムーンライト・ソナタ第一楽章を中途でやめた。

「これじゃあ、気分が乗らない……」

と苦々しげに呟くが、本当はそれ以上は弾けないのである。

どこやら遠くで電話が鳴っている気配。電話はサロン以外に四本あることを思い出して、ベルの音たよりにドタバタと走れば、一番奥の部屋で鳴っている。

「さっきから三十分もロビーからおかけしていたんですが、一向にお出にならんもんですから……」

という電話の主は読売広告の人で、彼はラッキョウの広告文を取りに来たのである。

「ラッキョウの歯ごたえはしゃり、しゃり、に限る。グニャグニャでもいけないし、ガリガリでも困る。その点で私は××ラッキョウが気に入っている」

などという文章を書いて、私は彼から一万円也を貰うのである。

部屋に入って来た読売広告の人、

「素晴しい部屋ですねえ。いいですなあ、ここで何をしておられるんですか」

と不審の面持。ラッキョウの広告文書いて稼いでいる女が、インペリアル・スイートに泊っているなど、奇怪な現象に違いない。

「さて、どうしますか」

「どうしましょう」

読売広告の人が帰ると私たちはまた、同じことをいい合った。平素狭っ苦しいところで生活している身はこのように広い部屋の中に投げ込まれると、落ち着かぬことおびただしい。私とM青年は広いサロンの端っこのソファに向き合っている。真中の堂々たる長椅子の方へ行けばよさそうなものだが、端っこの方がまだいくらか落ち着くが習性とはいえ情けない。

「ひとつ、いろんな人を呼んで、羨ましがらせてやりますか」

M青年、知恵を絞った果ての意見がこれである。私は女学校時代からの親友でもあるモンちゃんに電話をかけた。

「もしもし、モンちゃん？」

私はいった。

「今、帝国ホテルのインペリアル・スイートにいるんだけどね」

「えっ？　ナニ？　ナニ？」

「一泊十万円の部屋に泊ってる」

「ひえーっ、ほんまァ?」

と、モンちゃんは大体、私の期待通りの声を出してくれた。

「一泊十万円って、なんでまた、そんな急にヤケ起したん?」

一泊十万円とはヤケを起さねば泊れぬ部屋か。私は説明した。

「便所の数が四つある。だいたい水洗の流れる音が違うわね。あんたンとこみたいに、ジャ、ガ、ガ、ガ、ズルズル、ガーなんてすごい音立てて流れるんじゃない。優雅にサラサラ、グー……それだけよ」

「ふーん、そう!」

モンちゃんは感に耐えぬという声を出し、早速、見に行きたいという。一人では勿体ないから、スダコと足立ツァンという旧友誘って行くという。

「エエ着物、着て来てヨ」

と私はいって電話を切った。

私は調子づいて川上宗薫《かわかみそうくん》に電話をかけた。

「川上さん。今ね帝国ホテルの一泊十万円の部屋に泊っているのよ」

するとと宗薫曰く、

「あれはオレは前に一度泊ったことがあったがねえ、この頃はどうかね、少しは変ったかね」

とわざと平気な声を出す。実際、この人は素直でないねえ（素直になるのは女を口説くときだけか）。

「前に泊ったって、その時はどんな部屋だった？」

「どんな部屋だって？　うーん、つまりだなつまり何だよ。寝室のバカでかいのが一つ、サロンのでっかいのが一つ、それからバスルームだ」

「それだけ？」

「んーん、それだけだったと思ったね」

宗薫の空想力というのはその程度なのか。それでよく流行作家が勤まる。

「じゃあね、ホンモノの十万円の部屋、見せてあげるから、来なさい。全体の坪数、約百坪よ」

「へーえ、百坪？　百坪ってえと、オレの家とどっちが大きい？」

「当り前よ、そっちの方が小さいよォ」

「そうか、じゃあ、後で行くよ」

　次に私はオール讀物のS君に電話をかけた。この人、文藝春秋社には珍しく、いつ会っても十日ほど風呂に入っていないような顔をしている点で私の気に入っている青年である。

「暇だったら来ませんか。羨ましがりそうなのを二、三人連れて……」

　暫くすると、キンコンカンと入口のチャイムが鳴って、文藝春秋の編集長、副編集長以下、S君交えて五名ほど、ドヤドヤと現れた。

「うーん、なるほど、これは広いですなあ」

「こいつは素晴しい」

「すげえなあ」

　と口々に感歎《かんたん》して、部屋から部屋へと歩くのを、M青年、まるで自分の家でも見せるように得意満面で案内してまわる。感歎の言葉聞いているうちに、何やら自分の家を褒められているような気持になってくるから、人間の心理というものはチャチなものである。

「ここで十万円のモトを取ろうと思えば取れますな」

「ここのコーナーでマージャン」

「ここで花札」

「ここで丁半」

「そのテラ銭を取った上に、客引きをして三部屋、貸すんです。それでモトは取れませんかな」

「うーん、そうですねえ。儲かるところまではなかなか行かないんじゃないですかねえ。部屋代を一万円と見て、三万円……」

「テラ銭は少くとも十万円以上上らんことには……」

と真剣な討論がくりひろげられる。そこへ週刊A誌のM女史、陣中見舞にとマスカットを持って現れた。十万円の部屋に泊っていて、飲まず食わずで、貰いもののマスカットに咽喉《のど》を潤す。M女史、グルリと部屋を見渡して一声、叫んだ。

「ここはワイルド・パーティーにいいですわねえ。モトはすぐ取れますよ」

誰が来ても話題は十万円に集中するところが、面白くもあり悲しくもある。日本人というやつは、本当に貧乏性に出来ているのだ。それともエコノミック・アニマルのなりそこないがはからずもここに集ったということなのか。考えること、いうこと、どうも野心も知恵も気魄もなさすぎる。

一同が帰って行ってしばらくして、所在ないままに私とM青年がテレビを見ていると、忽然とオール讀物のS君が現れた。

「あら？　Sさん、みんなと一緒に帰ったんじゃなかったの」

「えっ帰ったんですか、みんな……」

「知らないの？　どこにいたのよ？」

するとS君はいった。

「十万円の便所のクソのし具合はどんな風かと思いましてね。ゆっくり腰かけてたんです」

「で、どうだった、具合は？」

「いや、なかなか快適でした」

と、S君、悠然と帰って行った。

客が帰ると、秋の午後の静寂、身に染みる。

「Mさん、今夜は何を食べる？」

「そうですなあ、何しろ一泊十万円の宿泊料に予算を投入しておりますので……」

私は不吉な予感にかられた。

「で？」

「佐藤さんはラーメンなど、お嫌いですか？」

「えっ」

「いやね、一つの趣向としてですな。十万の部屋に泊りながら、表へ出て行って百円のラーメンを食うという……これぞ粋人《すいじん》の趣向じゃないかと思うんですが……」

「私は粋人じゃないですよ、Mさん」

「えっ、粋人じゃない？　ぼくは今の今まで粋人だとばかり思っていましたがねえ」

私は沈黙してテレビをつけた。扉つきの大カラーテレビである。ツマミを持って引っぱったが容易に開かぬ。よく見ると扉は引っぱるのではなくて、左右へ引くのだ。

「なにもテレビに扉なんかつけなくたっていいでしョ」

と私、次第に機嫌が悪くなって来た。テレビは巨人・広島戦である。巨人を負かすチームならば、私はどこでも、ヒイキする。しかし大洋を負かすチームはカタキと憎む。従って、広島は私に憎まれたり、ヒイキされたり、日によっていろいろな目に会うのだ。広島は負けている。川上監督がベンチからヨチヨチと出て来て、何やらいっているのが写った。

「なんであの人はいつも、ああヨチヨチ歩くんですかね。イボ痔でも患ってるんじゃない」

と私は川上監督に八ツ当り。思いめぐらせば私は川上監督が紅顔の美少年でありし頃、熊本工業のピッチャーとして活躍していた颯爽たる姿を知っている。かの美少年、今やイボ痔のオッサンとなり、美少女でありし私は下腹たるみたるイジワルオバハンになった。かくて三十年の歳月を閲《けみ》し、ここに帝国ホテル・インペリアル・スイートにて、テレビを通して相まみえる。感慨無量である。

広い窓の外は濁った空にたよりなげなイワシ雲が流れている。たよりなげなイワシ雲を流したまま都心の空は少しずつ暮れて行く。道を走る車の灯がキラキラしはじめる。M青年はあちこちの電気スタンドに灯を入れた。

「さて、どうしますかな」

「どうしましょう」

三度目の同じ会話をくり返す。

「どうも広い部屋というのはいかんですねえ。落ち着きませんなあ」

「疲れるわねえ」

全く、私は疲れた。昼から、電話を三、四回かけ、十人足らずのお客と会っただけなのに、クタクタに疲労している。その疲労のもとは、いかにして一泊十万円という現実を、咀嚼《そしゃく》し、血肉化（?）せんかというあせりか、あるいは電話とかトイレとか、広いスペースをあちこち走り廻るための肉体の疲労か。いずれにせよ、この疲労はあまり自慢出来る疲労ではないのである。

日が暮れて川上宗薫、盛装せる新夫人と共に現れた。開口一番、

「ピンポン野球にちょうどいいなァ……」

さすが宗薫は童心の持主、十万円のモト取ることなど考えず、ピンポン野球を思いつくところがいい、と感心したとたんに、

「ピンポン野球もいいが、乱交パーティの方がもっといいな」

この二つの言葉は宗薫という人間を最も端的に表現している。つまりこの二つの要素によって作家・川上宗薫は成立っているといっていい。

その夜は宗薫のオゴリで十七階のフォンテンブロウなる高級レストランで、上等のフランス料理を御馳走になった（おかげでラーメンは食べなくてすんだ）。エンビ服のボーイが畏《かしこ》まって、いちいち調理前の材料を見せに来る。おもむろに一瞥《いちべつ》し、肯くと引き下って調理にとりかかるという仕組みになっているらしい。

「ヘエーイ、ザルいっチョウ、お待ちどお！」

という叫びの声の中でものを食べて来た私には、何もかも面倒くさく、アホらしい限りであるが、そういうことを顔に出しては田舎者と笑われるのである。ボーイ長であろうか愛嬌《あいきょう》のよい外国人がやって来て宗薫に何やら聞く。宗薫、流暢《りゅうちょう》なる発音で、

「ベリー・グッド」

の一言。後に何かつづくかと思いきや、何もつづかぬのである。

食事によってさらに疲れて部屋に帰れば、はや夜は更けて眼下の街の灯のきらめきは少しずつ減って行っているようである。電気スタンド一つずつ消してベッドルームに入る。ベッドは天蓋つきにあらず、カーペットに足の甲は埋もらず、風呂は大理石ではない。自分で湯を満たし、ポチャポチャと行水して寝る。十万円の泊り心地といっても特別に何もない。疲れて眠く、そうして少し怖いだけだ。何しろ百坪近いところに一人で寝ている（M護衛は夜になって遁走《とんそう》した）。そして原稿の書き直しの電話がかかっている夢を見た。

やっと朝が来た。早くからキンコンカンとチャイムが鳴る。起き出てみるとモンちゃん、スダコ、足立ツァンの三人、十万円の部屋へ行くのだといって、早朝より興奮して家を出て来た由《よし》。こちらは疲れはてて案内する気力もない。

三人は勝手にそのへんを歩きまわり、「ふーん」「はーん」と感心している。

「ふーん、ここがキッチンやねえ。ご飯も炊けるんやねえ……」

先代萩《せんだいはぎ》じゃないんだよ。

「けど、ここでサンマ焼いたらどうなるやろう」

「煙出しはどこや？」

やがて便所へ入った一人がすっかり感心した声でこう叫んだ。

「えらいもんやねえ。十万円の部屋ともなれば、二人並んでおしっこが出来るようになってるんやねえ！」

二人並んで？　私は驚き、呆れ、そうしてかかる友を持ったことを恥じた。二人並んでおしっこする便所――それは便器と並んだビデ（洗滌器《せんじょうき》）だったのである。

とにかく私は疲れた。がらにないことはするもんじゃない。疲れに疲れて家へ帰った。

「どうだった？　十万円の部屋は？」

老母の声に私はうんざり。十万円と聞いただけで、私はもう吐きそうなのである。

あとがき

今、改めて思うこと。

この社会探訪記は昭和四十四年から五年にかけて「文藝春秋」に連載したもので、今から五十年前のものです。それは我が家の破産と離婚と直木賞受賞とが前後してやって来たという何とも壮絶な日々の中での仕事でした。

今読《よ》み返すとどうにも未熟な手記ですが、唯一取柄《とりえ》があるとするとヤケクソの勢《いきおい》があることだと思います。全く、来る日来る日の修羅の中を走り廻って取材し、修羅の中での執筆ですから、並のヤケクソではないのです。しかしもしもこの探訪記を読んで下さった方が、大笑いに笑って下さるとしたら、こんな嬉しいことはありません。ヤケクソにはそんな力があるのですね。それが嬉しい。
しかし今、九十四歳になった私にはもうその力は底を突きました。
激動の昭和は過ぎ、それと共に私の修羅も消え、ヤケクソになること
ももうありません。私はボケ加減の穏やかさの中で、しみじみ昭和を
懐かしんでいます。

平成二十九年秋

佐藤愛子　敬白

佐藤愛子（さとうあいこ）

大正十二年大阪生まれ。甲南高等女学校卒業。

昭和四十四年、『戦いすんで日が暮れて』で第六十一回直木賞、昭和五十四年『幸福の絵』で第十八回女流文学賞、平成十二年『血脈』の完成により第四十八回菊池寛賞、平成二十七年『晩鐘』で第二十五回紫式部文学賞を受賞。

近著に『ああ面白かったと言って死にたい』（海竜社）、『九十歳。何がめでたい』（小学館）、『人間の煩悩』（幻冬舎）、『それでもこの世は悪くなかった』（文藝春秋）、『上機嫌の本』（ＰＨＰ研究所）、『破れかぶれの幸福』（青志社）などがある。

平成二十九年四月に春の叙勲で旭日小綬章を受章。


この作品は一九七一年四月、文藝春秋社より刊行の書籍を新装、新書化したものです。

愛子の小さな冒険

二〇一七年十一月九日　第一刷発行
二〇二一年九月十六日　第三刷発行

著　者　佐藤愛子
編集人
発行人　阿蘇品蔵
発行所　株式会社青志社
〒一〇七-〇〇五二　東京都港区赤坂五-五-九　赤坂スバルビル六階
（編集・営業）
TEL：〇三-五五七四-八五一一　FAX：〇三-五五七四-八五一二
http://www.seishisha.co.jp/

印刷
製本　中央精版印刷株式会社

© 2017 Aiko Sato Printed in Japan
ISBN 978-4-86590-053-8 C0095
落丁・乱丁がございましたらお手数ですが小社までお送りください。
送料小社負担でお取替致します。
本書の一部、あるいは全部を無断で複製（コピー、スキャン、デジタル化等）することは、
著作権法上の例外を除き、禁じられています。
定価はカバーに表示してあります。

〈青志社・好評既刊〉

佐藤愛子の本

新装 壮快エッセー

破れかぶれの幸福

本体価格 1000 円＋税

他人の物差しを怖れない佐藤愛子の原点。
四十代の愛子がここに詰まっている！
間もなく94歳　愛子節大炸裂！

「私は毎日、腹を立てたり、ケンカをしたり、口惜し涙にむせんだり、苦しい苦しいと大声でわめいたりして暮らしてきたが、それでも私は不幸ではなかった。
たまにはこんな破れかぶれの幸福があってもよいのではないか」佐藤愛子